Yaki

文芸社

はじめに　一期一会　(once in a lifetime encounter)

これから書こうとしていることは、決して個人的な紀行文でもないし、ましてや『ロンリー・プラネット』や『地球の歩き方』のような情報量豊富な旅行ガイド本などへの大それた挑戦でもない。これから書こうとしていることは、今までの私の人生での出会いでありながらも、名前や場所すらうっすら覚えの遠い記憶の中にしか残っておらず、時に触れ思い起こす懐かしさと共に、今日ではなかなか経験できないであろう人の優しさとふれ合いの物語である単なる自己満足の自分史とも言える。それにも拘わらず、掲載可能な写真の持ち合わせが少なく、彩りのない殺風景な紙面になってしまい、申し訳ないと思っている。

2018年9月、小さい頃に何かと可愛がってくれた叔父（小野政男、時潮社より『瓦礫の中より』、さがらブックスより『私の鶴見うたまくら』の二冊を発行。私の母方の祖父母や両親についての記述もあり、私にとっての新しき発見があった）が、車にはねられる交通事故にあった、骨折はあるが、それほど重体ではないとの知らせが、甥っ子からイスラエルにいる私にあった。それから数日後、その叔父の容態が急変し亡くなったとの連絡。その知らせを親族に連絡する中で、3歳年上の兄の遺体を発見するという最悪の事態に進展。孤独死の状況で死後数日経っていたため警察の検死となり、私も急遽日本への帰国の途に。叔父は90歳を過ぎての交通事故死、兄は73歳を迎えての孤独死。これらが一挙に起こったことに人生の無常さを覚えずにはいられなかった。兄は、年老いたお袋の面倒をずっと見てきたし、常に周りに気を配る優しい人柄だった。まさにこうした状況に一番遭ってはならない人たちなのだが、現実はあまりにも冷淡に人の心根を慈悲もなく完膚なきまで打ちのめす。

そう、私もすぐに70歳を迎える年になる（これが一冊の本になる頃には70＋αの年齢であろう）。ある年齢に至ると、それからは歳を重ねるたびに、ふと自分の人生を返り見る、ある種の望郷の念、または動物の帰巣本能とも言えるような本能に縛られてしまうようになると人から聞いたことがある。そんな心情が私の中にも宿るときがやって来たのだろうか。ある人は、それが「終活の始まり」と言うかも知れないし、あるいは自分の人生の軌跡を残したいと思う漠然とした動物的直感の及ぶ願いなのかもしれない。そこで、「さあ、今度は自分の番だ」と意気込んだ気分でのめり込んでみると、愕然(がくぜん)たる思い、あまりにも「何か」が見えない自分、何かが欠けている自分に驚きとうろたえを覚える。自分をあからさまに見せつける現実に直面し、なす術もなくうろたえる無様な自分。女性に対しても、何か一つ煮え切らない態度を取りがちの優柔不断な奴。この本は、そんな私の最後のあがきの独り言の集大成かも知れない。

そして、私の人生における「袖触れ合うも他生の縁」「一期一会」の話の始まりである。

想い出曲：YELL　いきものがたり

目次

出会い・ふれあい・そして仕事　131

家族　生い立ち

はじめに、この歳を迎えて日本人に生まれて本当に良かったと思う。もう一度日本人に生まれ、そして深い愛情を注いでくれた同じ父と母の子として生まれ変われるのならば、これは幸いであると思う。

ベビーブームと言われた世代に7人きょうだいの末っ子として生まれ、戦後の日本が経済的に苦しい時代、まだ豊かさを夢見る世相だけの貧しい時代の中で育ってきた。大人は夢よりも毎日を生きることが精一杯の生存競争、戦後のベビーブームの末尾にあたる一クラス50名以上の生徒数が12~13クラス構成するのが当たり前だった小中学生時代。そんな世代に生きても生き残りの生存競争の社会でもなく。それなりに、でも確実に人の中で揉まれるという表現に値する生活力と呼ばれる人間性は培われたのだろう。本心で望む、望まないなどの気持ちに拘わらず。

まだ戦争の傷跡も垣間見られた時代の幼少期。当時は、まだ白衣を着て義手や義足姿の傷痍軍人と呼ばれた人たちが電車内を歩き巡り施しを求める姿が見られ、子供心にもその痛々しい姿を凝視出来ずに眼を伏せていた。彼らの犠牲は何だったのだろうか？　もう戻ることも叶わない戦死者の無念さは。今日の、そうした戦没者への哀悼の気持ちを単純に一日本人としても簡単に表せない世相社会の責任は誰にあるのだろうか？　戦後の日本は貧しさを抱え、それに耐えながらも日本人全てが一所懸命に生きていた時代だったと思いたいし信じたい。こうした状況の中にありながらもどこか不思議なバイタリティーが共存していた。悲壮感というよりも、「生きる」という前向きなエネルギー感がなぜか日本中を包み込んでいた時代だったのでは？　当時を思い返しながら今になって感じるのは自分だけなのだろうか？

ものがなく、貧しい時代でも、そこには託されそして次に託す生命力が溢れていた。

想い出曲：未来へ　kiroro

不思議っこの不思議な体験

記憶に残っている三歳の頃からこの歳になる現在に至るまで、なぜだか数々の不思議な体験に遭遇している。そうした遭遇体験からか、『自分は信じる！』『自分には守護神がいる！』の世界観が現在まで止むことなく自分の心の中に延々と続いている。そうした体験話も避けて通れない自分自身が自分を知る道標であろうと思っている。こうした体験談を追々語っていくことで、読まれている何人かの人と共有できる何かを見つけられたら、別の意味で自分にとっての嬉しい出会いとなるだろう。

3歳の頃のある真夜中、夢の中で、自分が寝ている傍らの雨戸が閉じられた窓際に近所でも見かけない見知らぬ人が立ち尽くしている光景を見ていた。その見慣れない状況の不自然さの怖さからか泣きながら目が覚めて母親に窓を開け、その見知らぬ人に立ち去るように強く言って欲しいと懇願した。母親は多分泣き叫ぶ私を落ち着かせるためだと思うのだが、雨戸の窓を開けた。そして母親もそこで絶句。そこには近所では見かけぬ見知らぬ人が立っていたのだ。それも夜中の遅い時間に。あたかも、雨戸越しに外を透視したかのような不思議な体験だった。

これが私の記憶に刻まれ残る初めての不可思議体験であり、その後の人生においてもたびたびこれに似たような、一言では説明できない不可思議な体験に遭遇している。そしてそうした体験は現在も続いている。

父の死

私が小学一年になった年の11月1日、父は、会社からの出先の料亭にて突然脳溢血を起こし亡くなった。

58歳だった。今ならば若い死に無念の気持ちだろうと思うが、当時の私には「死」を実感として受け止められる知識もなく、漠然とした気持ちで『死』を取り込んでいたのだと思う。

自分の中で父との生活はとても短い期間で、記憶というものが刻まれ始める3歳頃から父が亡くなった小学1年生の6歳までの記憶を、どう探ってもその短さを計り知ることができる。しかしながら、その反面父とは、なかなか面白いというか、不可思議な思い出の記憶が多く、今この年になっても父の真意は探りがたい。いつの日か父と出会った暁には是非ともその真意を聞いてみたいものだと常々思っている。

その日11月1日、父は勤務先の神奈川トヨタの業務の一環での会食の席において倒れた。救急病院に搬送され、神奈川トヨタが私たちを迎えに車を向してくれたのだが、私を迎えに来た運転手の方が教室に現れ、担任と話を交わしていた時点で、私はすでに自分の教材をランドセルに入れ帰り支度を終えていた。担任が私の方へ体を向けたときには起立し、退室する準備が出来上がっており、担任は驚きの表情を浮かべながら私を教壇へと招き、出迎えの運転手と共に病院へ向かうよう言った。なぜ、出迎えの人が私のために来たと思い退室するまでの準備をしたのか未だに分からない。ただ、そう身体が動いたとしか言いようがない。さらに同じ学校に通う姉や兄とその車に同乗したことは覚えていないが、教室内で自分のとった行動は鮮明に記憶に残っている。病院では母や兄姉が見守る中、父は管に繋がれた昏睡状態の体をベッドに横たえており、母の取り乱し

父親の葬儀　長男、長女、次男
そして三男坊で一番年下の私

た（子供心にもそう見て取れた）呼びかけにも反応のなかった父の体が、常々老後には次女と一緒に暮らすと語っていた次女の姉の呼びかけだけにかすかな反応を示した。可愛がっていた姉に老後の面倒を見てもらえずに、きっと残念だったに違いない。

その日の夜は、隣の家に預けられる形で一夜を迎えることとなり、子供ながらにも外泊気分に興奮しながら、その隣の家の子供や兄姉が座る円座の真ん中で、詳しい記憶はないが、「死とは」「人間の死後の世界とは」を盛んに大人口調で話していたらしい。その時点では父はまだ死去してはいないのだが。

翌日の夜、父は58歳という短い人生を終えた。隣家のご夫婦が後日、母に、6歳児の私のその日の隣の家での言動を一部始終伝えたそうだ。母はどのような気持ちで聞き取ったかは定かではない。そのときの母の頭には、一家の大黒柱を失ったことと今後のことを考えるだけで、他には何も考えられなかったはずだから。

想い出曲：たしかなこと　小田和正

父と母

母は、突然七人の子供を抱えどうやって生きていったらとの不安と辛さのどん底を垣間見たのではないだろうか？

母は、鶴見の小野家の分家の五人きょうだいの長女の一人娘として生まれた。鶴見の小野一族は、戦国時代の武将、甲斐武田一族の小野氏が武田滅亡後にこの地に移り住んだのだが、鶴見川河口だったことから潮害が多く、田畑の被害が頻繁に起こっていた。小野一族は堤防の築造に掛かり、難工事のため幾度となく失敗を繰り返しながらもさらに開墾し、それ以降この土地では潮害を被ることもなく、安全に農業に励むことができるようになったと由来が伝えられている。

また今日のＪＲ東日本・鶴見線の「鶴見小野駅」の由来は、昭和18年、江戸時代からの大地主小野重行氏の埋め立ての功労により命名されたとの話。こうした小野一族の分家の五人のきょうだいの中でたった一人の娘として生まれた母だが、当時の尋常小学校に通うにしても近辺に学校がなく、鶴見川を越えた川崎地域まで通わなければならなかった。

曾祖父である本家の藤三郎が、女の子の初孫が不憫だと、潮田地区の土地を寄贈し尋常小学校を建立させた。それが後の潮田小学校で、終戦前までは記念碑があったという話だが、私の世代の頃には石碑もなく、そんな裏話も聞いたことがなかった。長兄や長女たちは石碑も学校建立の裏話も、当時、長年小学校で教鞭をとっていた先生方から聞かされていたとの話だった。

父の死後、母は外に働きにでることもなく、私たちの世話をしてくれた。年上の兄姉たちが働いていたが、その当時の大卒、高卒の初任給程度での家計のやりくりは、さぞかし大変だったであろう。私が年端のいかない子供だったからかも知れないが、母の弱音を一度も聞いたことも、そんな心情を露呈するような風情も一度も見たことはなかった。しかしながら、母にとっては育ち盛りの子供を抱え、苦しく辛い日々の連続であったであろうことは容易に想像がつく。今はそうした心情の中で私たちを育てた母の強さに畏敬の念を覚える。

学校から帰ると、仕立て台の前に座り着物を仕立てる母の傍らで、その日の学校での出来事を、堰を切ったようにとめどなく話をする私。そして一時も手を休めることもなく、時折空返事にも似た返事をする母。きっと子供が夢中で話すことの全てを理解していたわけでもないであろう。しかし相槌だけは必ず返ってきた。そのことを今でもありがたく感謝しているし、その情景は脳裏に深く刻まれている。人のいかなる話にも耳を傾けるということの難しさ大変さの経験を得て、この歳になり知った『聞く耳を持つ』という母の愛情の深さに恵まれた自分を見て止まない。

母が玩具を買ってくれた記憶は自分の中で一度すらない。4歳の頃、鶴見の本町商店街のおもちゃ屋の近くを通ったとき、店内に入り中の柱にしがみついて玩具を買ってもらおうと駄々をこねたこともあった。しかし、そんなときですら私に根負けせず何も買ってもらえなかった。今考えれば、経済的な余裕がなかったことも考えられるのだが、しかし読みたい本は何も反対せずに買ってくれた。たとえ、それが漫画でも反対はされなかった。この経験が、現在の、常に本を大切にする読書好きな（積読主義とも言われそうだが）環境を養ってくれたのは事実であろう。小学3年生の頃にすでに現金書留封筒を利用して本を注文購入することすら行っていた私であったことからしても、計り知れる。

あまり外へ出かけることが好きではなかった母とは、父の命日や仏事の墓参りに一緒に出かけることが常であった。あるとき（多分小学5―6年生の頃）、地元商店街の福引で木下大サーカス観覧のチケットが当たり、母と私での二人でお弁当を持って東京にサーカス観覧に出掛けたことがあった。大きな球状の中でくるくると回るオートバイ、華やかな空中ブランコ、像やライオン、トラ等の動物、そしてピエロの仕草に観客の笑い。そんな中、いつ、何がきっかけになったのかは記憶に定かではないが、一人ふてくされ、帰ると言い出し母と言い争う状況に陥ってしまった私。結局、我を通し続け会場を後にした私。あまりにも少なかった母とのお出かけの機会すら台なしにしてしまった私。常に子供中心で自分の楽しみすら味わえずにいた母の一時のくつろぎすら無下にしてしまった私の自己顕示欲。今はただただ謝りたい。この時のことは、今日まで忘れずに記憶の中に今も存在する。

母は、自分は肉類を食べなかったが、子供たちには肉類はもちろん、美味しい料理を作ってくれる母だった。子供中心、子供のための生活に明け暮れて自分自身を犠牲にして生きた古い時代の人と呼ばれそうな母だった、それでも今はあのときの自分の愚かな行動を謝りたい。

想い出曲：あなたがいることで　Uru

限られた時間の中ではあったが、私の知っている父は、周りの人や身内から聞く人柄よりもずっと優しく私を溺愛してくれた父親だった、おんぶされての銭湯帰りの夜道、父の肩は物凄く広くそして分厚く、顔を肩に埋め寝入る私の忘れえぬ温もりがそこには拡がっていた。亡くなった後、今日に至るまでの間に、母や兄姉、親戚あるいは地元の人々から聞いてきた数々の逸話からも、多々なる不思議な魅力を持った父の多分に秘密じみた部分が垣間見られる人物像が浮かび上がってくる。戦火の中、避難してきた母方の祖父母と叔父を狭い自宅に住まわせ、正に〝川の字〟で寝る姿。一杯に詰まったイワシ缶詰のような状況下での暮らしを気持ちよく迎え入れた父。戦後には、復員した叔父たちの就職に骨を折り国営企業や一流食品企業に就職させた父。どこに、そのような伝手を持っていたのか今でも不思議なことだ。

父の死後、子供たちだけで銭湯に行くと、必ず誰か一人は「父に世話になった」と話しながら、「そのお礼だよ」と背中を流してくれる大人衆がいた。そして、そんな光景を不思議そうにそしておかしそうに見つめる仲間の子供たち。それが銭湯での懐かしき思い出だ。

長い間、職業軍人であり、特に現在の北朝鮮で治安維持を任務とする第73連隊に所属していたようで、多くの射撃大会や剣道大会などでの優勝賞状が今日も残っている。また、どこで習得したのかは不明だが、朝鮮語を話し、残されている写真の裏面には「通訳官」と書かれており、軍人階級など示されてない背広姿の違和感も不思議な部分だ。

第二次世界大戦中は徴兵されていない。母の話によると、その理由は朝鮮に配属時に近くの弾薬庫が事故で爆発し、眼に障害を負ったので退役したので徴兵されなかったとの話で、退役後の年金手当も確かに受け取っていたようだ。

戦時中、父は、川崎市内の朝鮮人部落に無傷で出入りできる数少ない日本人の一人だったと話に聞いており、戦後も日本人のみならず在日朝鮮人の人も含めて何かと行政機関との間に入って手助けをしていて、葬儀のときに数多くの見知らぬ人が弔問に来てくれたと母も話していた。母は飲み屋の借金取りが詰めかけると覚悟していたのだが、そういう人は一人も来ず、初対面の多くの人が父への感謝の気持ちを伝えに来てくれたことに驚いた、と言っていた。

当時は青年団、戦後は警察署で剣道の指導を行ったり、勝手に公共の公園内に障害物を作り趣味である警察犬の訓練をしたり、さらには役所に頻繁に出入りしていたとのこと。

戦後、生麦のキリンビールで守衛をしていると言っていた父が、神奈川トヨタ設立の発起人の一人に名を連ねていた不可思議。これは母の葬式時、神奈川トヨタの社員が会社1

00年史作成のために訪れたときに、きょうだい一同初めて知った驚きの事実だ。

また、親父を知らない義兄（長女の夫）が工務店業務経営時に、汐留の地下工事での人身事故が発生した際に警察に事情聴取で一時的に拘束され、そのときに実家の住所と苗字を伝えたらすぐに釈放されたとのこと（そのときはすでに親父は亡くなっていたにも拘わらず）。そのとき、警察に親父の名前を出したとのこと、この事故当時の話が出るたびに義兄は繰り返し、

「お前の親父さんは凄い人だったことが分かった！」

と、一度も会う機会のなかった父のことをなぜか懐かしそうに話していた。

そんな父は、兄や姉たちには多々怖い親父のイメージ中心の人だったようだ。

長兄が4歳のとき、叔父に買ってもらった帽子を電車内に忘れたことを家に戻ってから気づいたとき、雪降る冬の夜に裸同然の姿で庭に放り出されたこと（今なら幼児虐待で訴えられるような行いだが）。食事中、何度も注意されたにも拘わらず話し続ける四女に向けてリンゴを投げつけた脅しの行為（体に当てたことは一度もなく、これは単なる脅かし）。叔父と取っ組み合いの喧嘩をし、母が木刀類を抱えて隣家に避難、駆け付けた警察官は剣道の師である親父に遠巻きで「先生、やめて下さい」との虚しいだけの声。

自分は、末っ子でありかつ年寄りっ子であったからか、前に記載した兄や姉たちのように、父からの威圧感を全く感じたことはなかった。毎週日曜日には必ずと言っていいほど会社に連れて行かれ、父は駐車場に警備目的で放たれているシェパード犬の餌を楽しそうに作り、そして待っているシェパード犬に与える。そんな中、私と3歳年上の兄は様々な車に乗り込んだり、あるいは車の周りで遊び時を過ごす。家では台所に決して立ったことのない父が会社内の台所に立ち犬の餌を作る、これはある種の異形の姿だった。そうした日曜日の帰り道、京浜鶴見駅近くの洋画専用映画館（確か鶴見中央と言ったと思うが）で洋画を見る。当時4～5歳で字幕は読めない、ましてや英語を理解できない私や兄を連れて行くのに、なぜ日本映画（一度も父とは日本映画を見に行ったことはなかった）ではなく洋画のみだったのだろうか？

その後の人生を思うと、何かこの洋画館通いにある種の運命的な示唆を感じているのだが、都合のいい方に取るという自己解釈なのかも知れない。そして、定番のように近くの居酒屋で食事をとるのだが、そのときに父は、私や兄に必ずグラス一杯のビールを注いで飲むように促す（なんて親だ！）。そして、その一杯を飲み終えると4、5分後には尿意を催しトイレへ直行すべく走る私。笑い事ではない。これがきっかけなのかある種のトラウマとなり、今でもビールを飲むとすぐにトイレに向かうという習性が根付いてしまった。でも、特別酒好きでも大酒飲みにもならなかったことから、「酒は飲んでも、飲まれるな」と毎回言っていた父の姿が、ある面反映されたのかな？

母は、他界するまでの間も父の当時の軍年金を受け取っていたと聞いたが、いつの日か父の軍隊時代を辿ってみたいと考えている。きっと興味深い何かに出会える気がする。大戦後、軍隊仲間との会合に出かける叔父たちに比べ、父にはそうした軍と繋がる仲間との会合への参加は一度もなかったと母から聞いている。大戦前の職業軍人であったにも拘わらずに。何か「胡散臭い」ので興味津々だ。何か今一つはっきりとしない親父の軍隊時代の背景。いつの日か、防衛省の資料館にでも足を運んで調べてみたいとは思っている。

戦後のどさくさにも、市役所の焼失により証書がなくなり、父の実家（大倉山）の土地が取られそうになったときも、一人で役所、法務局などに出入りし法的手続きを行い、無事に権利を取り返し、それを実兄に全て譲ったと聞いている。私の知らぬ父の姿。本当に興味ある人物なのだろう。

想い出曲：Father & Son　Yusuf/Cat stevens

学童時代　小学～高校時代

小学校に入る前のあるとき、まぼろし探偵、月光仮面、怪傑ハリマオ、そしてチャンバラごっこ遊びに興じ、近所のよく遊んでいた佐藤さん宅の私より年下の娘さんに、「大きくなったら、僕、スパイになって世界を回るのだ！」と言っていた私。ベビーブームの大勢の同年齢と共に暮らす環境の中で、何かと皆と同じあるいは多数に飲み込まれる状況を極端に避けたかった「天邪鬼」な小中学校生活を送っていた。

仲間が「右」と言えば一人「左」と主張し、最終的には己の意見で皆を納得させてしまうという小賢しいガキの私。とは言っても、常に学級委員長や生徒会長をも務めたことからも、決して同級生仲間や同学年の間の嫌われ者ではなく、ある種のリーダー的要素を多分に持っていたのかも知れないことも自画自賛の範疇だが、確かなこと？

想い出曲：月光仮面は誰でしょう

小学校一年生のときに、母親に内緒で母の三文判を手に一人で郵便局に向かい預金口座を確か10円で開設し、当時欲しかった顕微鏡を買うという夢に向かって親戚の叔父叔母から頂いたお小遣いを貯め始めた（後に、郵便局の局長から口座開設を知らされた母は、当時私名義の口座を作っており、私が10円で開設したこの口座へと全額移して、「自分でしっかりと管理しなさい」と言われた）。確かに私は可愛さのない小学生だったのかも知れない。

当時、東映の時代劇ブームであり、月に1～2回、歩いて小一時間ほどの花月園近くの3本立て映画館への入場料を貯めることと、顕微鏡購入資金を貯めることを楽しみにしていた自分であった。悪人を捕まえるために奉行所の門が開かれ、奉行一行らが出動する場面では劇場内には大きな拍手と掛け声が沸き起こる。今では考えられない純な日本人が垣間見れる。そんな昨今ではどこか懐かしくも感傷に浸れる情景。当時の場末の映画館にはそんな純な心があった。本当の日本が、そして日本人の心が溢れ満ちていた良き時代に思いを馳せる。

勧善懲悪の極み、そして日本人の資質とも思われる民度の高さ。

小学校三年生の頃、段々と一般家庭に白黒テレビが普及し始めたが、当時家にはテレビはなく、学校へ行ってクラスの仲間が話す昨夜のテレビの話に入れず寂しさがあったが仕方ないこと。朝刊のテレビ欄に目を通して、書かれている概要を覚えて仲間の話に加わっていた。母親にテレビ購入を何度か頼んではみたが叶わず。そこであるとき、母親に、もし自分が学級委員に選ばれたらテレビを買ってもらうとの提案を出し、母の約束を取り付けた。

小学４年生の遠足写真
（向かって右から２人目が著者）

何としても学級委員になるのだと、クラス仲間との〝仲良し作戦〟の裏工作、ご機嫌伺作戦を行った。その結果かどうか計り知れないことだが、幸運にも学級委員に選ばれ、願いは叶った。しかしながら、それから母親が約束を叶えてくれるまではさらに少しの時間が掛かった。子供ながらにも、当時は未だテレビが高価な時代、母親もきっと約束をした手前もありながらも困窮したことだろうと思われる。テレビっ子生活の始まりであった。

先生が模倣の目標

学生時代の思い出、特に小中学校時代が、自分が形成された時代と認識するところから全てが始まったと言っても過言でないのでは。教育という概念の中で生徒に与える影響の中に身を置く先生たち、どこか教える先生自身の個人的魅力というものが、子供たちには途轍もなく大きな影響を与える部分として絶対的に存在するのではないだろうか?

小学生時代に一人、中学生時代に二人。クラス担当や教科担当の中でも特にこの三人の先生たちから受けた個人的影響は計り知れない、人格形成上にも大きな影響を受けたと思える三人の先生だった。

小学三年生のとき、学芸大卒業後すぐに赴任し、初めて自分のクラスを受け持った広沢先生がその一人。後の二人は中学時代の日本体育大学卒業後赴任の保健体育担当の中村先生と、美術の中島女史先生。この三人が特に私に多くの影響を与えてくれた。当然ながら、担任の先生方たちにも何かと影響を受けては来たが、この三人に特に影響を受けたと言える。それは、教科自体のことでなく、この三人の若さとやる気が、人格形成に影響を与えた、どこか自分の中に訴えかけるものがあったのだろう。

広沢先生の夏休みの課題として、毎日の新聞社説から漢字を書きだすというのがあった。その習慣を夏休み後も続け、漢字への興味を持ち続けることへとなり、作文などの自分の気持ちを綴るという作業がおっくうにならず、国語で作文を書く授業の時は、同級生が四苦八句しているのを尻目に、何枚もの原稿用紙に書き込めるスピードが培われた。さらに毎回先生に良い作文作品として皆の前で発表する機会を数多く得られて、それが自分自身の自信というものとなった。

同時に、運動はどちらかというと苦手と勝手に思い込んでいた。そんな自分を変えようと思って中学生生活を迎えたときに、中村先生に出会った。とにかく運動への苦手意識を持ちながらも、自分を変えようと自分なりに一所懸命頑張っている姿を、中村先生は何かと機会があるごとにほめてくれた。そんなある日、クラス全員での運動会前の50メートル全力走で先頭を走る自分がいた。生まれて初めてのことに驚く自分に、不思議な自信が湧き上がってきた（実態は成績結果でクラス代表となり運動会で走らされることが嫌で、わざと全力疾走しなかった同級生の気持ちを知らず、一人全力疾走に徹した私の滑稽さも多分にあったのだが)。そしてバスケット部に入り放課後の練習に没頭した。何かが変わったとの自覚が大きく後押しをして、それが「やれば出来る自分」を見つけた喜びに溢れていた。

自分自身を「おだてる」ことが学ぶことに重要なモチベーションだと理解した。それを中村先生や中島先生は、自然の流れで私に行ってくれたのだろう。

美術の中島先生の授業を受けるまでの小学校時代の美術の通信簿評価は、〝あひる点＝2〟を悠々とさまよう世界であり、絵の世界は私には関係ない世界と思っていた(母親や姉たちはそうした芸術的興味を持っていたようだが、私はその遥か彼方の興味なしの世界だった)。しかし、中島先生に出会ってから、なぜか授業中に私の描いた絵、デザイン、版画、ブロンズ像制作等々が常に展示や優秀作品に選ばれた。さらにはデザインでの全国的コンクールに参加する機会も経験した。過去の私への美術評価は何だったのだろうか？

でも、そんなことより私の感覚を認めてくれた中島先生に感謝し、新しい世界が開けたことが最高の嬉しさだった。正に教育は自信を与えることから始まる世界と子供心にも理解出来たのであった。

想い出曲：夢をあきらめないで　岡村孝子

学校生活では、学級委員や全校生徒会長等途切れることもなく務めてきた。それなりの学校生活を送ってはいたのだが、なぜか皆と同じ行動や考えに流されることに一人反発する自分が常にいた。

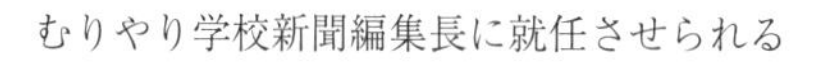

むりやり学校新聞編集長に就任させられる

きれいになった便所

我等新米編輯委員

左端が著者

爆弾作り

中学二年生の頃、読んだ本の中で「砂糖爆弾」という文字に遭遇した、第二次世界大戦末期に資材不足で困窮していたナチス・ドイツ軍が苦肉の策として作り出した爆弾のことだった。当時、化学実験や動物解剖に興味を持っていた私は、自分の手でこの爆弾を作ってみたいと思い始めた。当然ながら、爆弾自体を作ることが出来ないのは明白なこと。そこである企画を考えた。紙粘土で富士山の外形を作り、さらに山頂から下へと続く空洞を作り、その空洞の真下となるすそ野の下部にはシャーレを入れられるように入り口を作った。

実験デモ工程

◀最初からシャーレに砂糖と塩素酸カリウムを混ぜたものを用意する。

◀「今、富士山山頂には雪が降っております」

◀「その雪が雨と変わります」と言って、スポイトの硫酸液を頂きの火口の上から垂らす。

◀　すると、砂糖＋塩素酸カリウム＋硫酸の化学反応が誘発される。

◀　加工口から炎と白煙が吹き上がる。

砂糖爆弾：単純に硫酸で塩素酸カリウムが分解して酸素が発生。その酸素と砂糖が反応して燃焼しているだけ。

　この実験デモは、私のクラス内で好評を得たので同学年の他のクラスにも順番にデモを見せるとのことに、化学担任の宮崎先生の提案で行われることになった。そしてそのデモ実施の中で不思議な現象が再度私の身に生じた。

　それは、同学年最後のクラスへの実験デモを行う過程で、スポイト内の硫酸液を火口口上から垂らしたときだった。

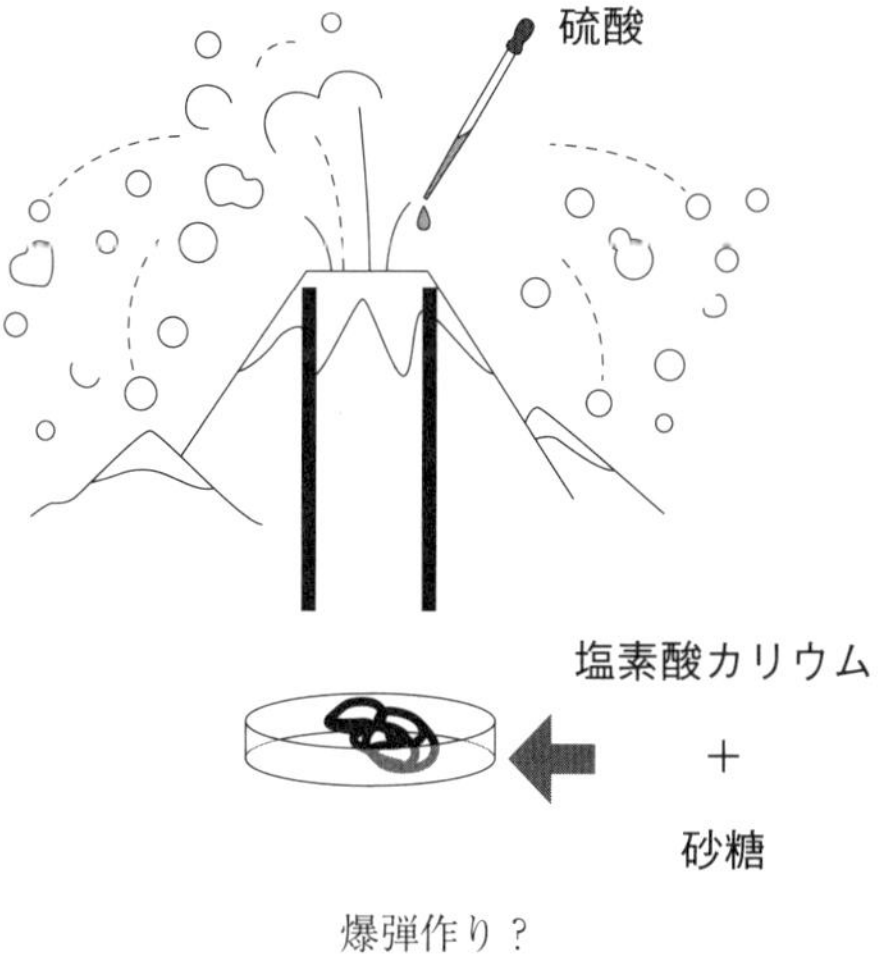

爆弾作り？

今までのように数秒後の反応がなんと起こらない。炎も白煙もなし。

「うんでもなければすんでもない」

そして、そこから数秒後の出来事……。なぜか頭がボーッとしたような気分の流れの延長で無意識に顔を火口口の上へと動かし中を覗き込む。何気なく流れるその数秒の間、ときの流れがゆっくりとそして静かに流れる。

そして突然、誰かに髪の毛を後ろに引っ張られる感覚（当時の私は坊主頭で、掴んで後ろへと引っ張られるほどの長い髪の毛はない状態だったのだが……）。頭が後ろへと引っ張られた感覚で、後ろへ頭が移動したその直後に、突然炎と白煙が火口の外へと勢いよく吹き昇る。同時に私の体中に冷や汗が噴き出る。眼に残る宮崎先生の驚いた顔、訪問先のクラスの担任の顔そして私を見つめる同学年生徒の顔。全ての顔が驚きの表情とその場に凍り付いたような姿の中にあった。

坊主頭でそこにはないはずの髪の毛を掴み後ろへと引っ張ったのは一体誰なのか？　もしも、あのときに一秒の遅れがあったならば、今日の私の両眼は焼け爛(ただ)れ、完全にあるいは弱視状態の視力に陥っていたことであろう。今は、あのときに誰かがやはりこの私を守ってくれたのだと確信している。

高校時代

　どこか冷めたときを過ごす感覚の学校生活を過ごしていたのかも知れない。高校時代は、完全に周りから孤立して自分の世界を作り出そうという方向での毎日だった。それが、いつしか〝日本を出る〟という漠然とした考え方に向かい始めたのも自然な流れであろうか？　当時は、まだ一般人の海外旅行自由化もなされておらず、海外旅行や留学経験の本などは本当に少ない中、小田実氏やミッキー安川氏の留学記、石浜みかる女史の『シャローム・イスラエル』（１９６５年）や、ときどき週刊誌『平凡パンチ』に記載される一般人や大学生の貧乏旅行記事等を読んでは、自分の中に宿る夢に重ね合わせ漠然たる思いの夢の中を彷徨していた。

　結果的には、後に一年以内には日本へ帰るつもりで日本を出立した私であったのだが、高校は復学する予定で、休学対応することで母の了解も得ていた。しかし、結局は一年以内には戻ることもなく帰りの乗船券もキャンセルし高校も結局退学する手続きを母や姉に依頼という我が儘を通してしまった。その後、日本に戻った時点で当時は大検（大学入学資格検定試験。現在は高等学校卒業程度認定試験に名称は変わっている）と呼ばれていた試験を終え、一応高校卒と同様の資格は取ったことで、母に対しての自分の我が儘のけじめは付けたと信じている。

想い出曲：青春時代　森田公一とトップギャラン

出発への準備そして出発の日

多分に「ひねくれ者」である自分は、多感な時期と重なってか何かと権威や慣習に拘らない、そんな生き様に一若者として憧れていた。誰しもが英語を学ぶことに全力を傾けているそんな風潮の日本にあって、人工的に国際的言語を意識して眼科医かつ言語学者であるユダヤ系ポーランド人ザメンホフによって作られた言語、エスペラント語に興味を持ち勉強し始めたのも高校に入った頃からのことであった。

そんな高校二年生の初めにエスペラント協会誌で国際大会がイスラエルのテル・アビブ市で開催されるとの記事を見た。それが私にとっての初めてイスラエルという国名との出会いのときだった。

以前にも書いたように観光旅行の自由化がなされる前の古き時代の話なので観光ガイド本など皆無、ましてやまだパソコンすら一般的に知らぬ時代の状況下であった。あえて目にする本は、観光ガイド等の情報源ではなくて、多分に今日では滑稽と思われる、当時の海外旅行を計画する多くの日本人が気にしていた敗戦後の日本人が一番神経を使った西欧マナーを説明する本が主流だった。今日、世界を闊歩するどこかの大国の観光客も当時の日本人のように少しでも一般的常識・マナーを学ぶことなどに気を配ってくれていたら、世界の人々の彼ら大国の民を見る目も、単に民度の高い低い程度の論議にならず、もっと相互理解の場を作りだしているのでは。もちろん、これは昨今の一部日本人の海外での行動にも当てはまる、無知がゆえの状況であることは歪めないのだが。

「地球の歩き方」「ロンリー・プラネット」等の豊富な情報源のない時代に出会ったイスラエルという国自体の情報入手も、そう簡単ではなかった。日比谷図書文化館や早稲田大学図書館等に出向いて探しても、結局のところ見つかるのは宗教・哲学関係、教育関係か共同社会体キブツに関する社会学等のお堅い学術書しかなかった。

それでも「タルムード」「カバラ」「キブツ共同体」等の難しい本を購入し読んでは何や

ら理解したように悦に入り自己満足していたのも愚か者の私の所作だった。母はいかなる本の購入にでもうるさく言わずにお金を出してくれた。

そうした中でさらには「日本キブツ協会」なる団体の存在をも知って、会員登録を済ませ月刊機関誌の購読手続きを行った。エスペラント語とキブツが私をもう一歩イスラエルへと結びつける道標の役を担ってくれていたのであろう。

国内のエスペラント協会へイスラエル国際大会参加の旨を打診すべき手紙を書いて送ったが、未成年なので参加出来ないとの丁寧な返事が返ってきた。この歳という壁を知るたびにある種の嫌悪と怒りを覚えたのも事実であった。「何で学ぶことや社会的な活動に参加する際にそれほどまで年齢制限が関係あるのか？」と。

日本キブツ協会も毎年大学生をイスラエルのキブツへ研修目的で送っていることを購読の機関誌で知っていたので、エスペラント協会が駄目ならキブツ協会を通じてと甘い考えを持ち、試みとして日本キブツ協会に大学生たちと共にキブツ研修に参加出来るかを打診するも、ここでも未成年であり、且つ高校生とのことで願いは叶わず。

年齢制限という枠で縛られることにまたもや苦痛を覚えると共に、そんな枠を作り壁を築く大人たちの社会的見解とやらに大いなる不満を感じる連続だった。

想い出曲：負けないで　ZARD（坂井泉水）

「どうしようか？」

「仕方ない、一人で行くしか道はない？」

そう自問自答を始め、誰に話すこともなく一人で様々な情報収集を始めた。旅券の申請手続き、外貨の調達、船舶に依る渡航と旅行会社の選択（毎度の話で恐縮ながらまだ一般人が今日のように簡単に飛行機で海外へ行ける時代ではなかった）、シベリア経由ルートか東南アジア経由ルートでヨーロッパへ向かうかの二者択一世界。知らないことだらけの中、時間を見つけては周りの学友や家族に内緒で神奈川県庁、横浜の都市銀行の何行かの外為課、旅行会社等に出掛けては、

「学校で、海外旅行自由化における渡航諸手続きを調べる勉強課題があるので、いろいろと教えて下さい」

との口実を使っていろいろ聞いて回った。なぜだか知れないのだが、どこへ出向いても、こんな私に対して親切且つ丁寧に受け入れてくれ、本当にやさしくいろいろと教えてくれ

た。

未成年すなわち子供であった故かは計り知れないが、問い合わせた各協会で未成年が故に道を閉ざされた経験もあった身としては、一時ながらも明るい夢を持たせてくれる大人の優しい対応に出会えたことに、うれしさ気分で昂揚した。

情報収集の結果、きっと自分も外国へ旅立てる。そんな楽観的気分ながらも、いろいろと下調べを進めて、結局行き着く課題は「年齢」というくさびにも似た法規制の現実。旅券すら未成年の私には親の承諾書がなければ申請すら叶わずという現実。

こうしていつまでも母親に内緒にしておいても埒の明かぬことだらけ、母に自分の思いの丈を打ち明ける機会を待つしかなかった。多分、高校を卒業してから、あるいは大学を卒業してからと反対されるだろうと自分の中では決定的且つ悲観的なシナリオが仕上がっていた。ここまでは自分なりに全力を尽くしたのだから、いかなる母の返答でも、それに対峙することなく終わらせるという途中放棄のようなことだけはしたくなかった。

また、当時、どこかで母親は分かってくれるのでは、そんな楽観的な一縷の望みの部分もあったのかも知れない。横浜の山下ふ頭近くの旅行会社ジャパン・エクスプレスの江口氏に旅券申請に必要な書類を教えてもらい、その日の夜に意を決し現実と向かい合うべく母への説得会話の口火を切った。

母は、子供の話には常に耳を傾ける「聞き上手」の女性で、父を亡くしてからも日常的に何でも気楽に話せる仲だった。どれだけ私の言っている戯言を理解してくれているかなどを問う話ではない。「聞く耳を持つ」。そんな単純な行為がどれだけときには聞く側である人に苦痛を強いるか。現実世界が理解できるように年月の経た今の私だからこそ分かる、「聞く耳を持つ」という母の愛情に賭けるしかなかった。

母には周りに内緒で一人きりで下調べをして情報収集していたことを含め、真剣にイスラエルへの旅行計画を練っている自分の思いの丈を語った。拍子抜けという表現があるが、そのときの母の反応が正にそれだった。私の一方的な言質に対し、母が返し放った言葉は、「男の子だから、止めたって無駄だろうね。それに薄々何かコソコソやっているとは感じていたけど、このことだったのね」

と母の同意は容易にもらえたように思えたが、但しという条件が付いてきた。

それは、もし長兄が駄目だと言ったらあきらめる、という条件だった。長兄は、古い慣習上の故か、一家の大黒柱である父の死後は、家族の中で長兄が確固たる父親的存在になっていた（先の父の思い出話で記述した雪の日に外へ裸で放りだされたあの長兄である）。このこと自体は想定外のことではなかった。しかし母親から条件として付けられると今更の如く不安の塊へと変化していた。鬼門中の鬼門に対峙することが迫られたのだ。

母に話してから二週間程経過したある日、結婚して別の所に居を構えていた長兄がやって来た。

この機会を外してはもう二度と来ないだろうと変な確信。しかし、そんなビビりも〝案ずるよりも産むが易し〟といえる結果となった。私の話を聞いていた長兄は、何のためらいもなく、

「行ってこい。自分も昔はアメリカに行く夢があったが、それは叶わなかったから、お前はその分、自分の夢に向かえ」

と、賛成してくれた。拍子抜け？　さらに、

「外国で辛くなったら、無理せず、迷わずに戻って来い。錦の旗を云々などの虚飾は張るな。ここはお前が帰ってくる家だから忘れるな」

この経験は私の中に一つのことを教えてくれた『物事を己の範疇の中で迷いに暮れ不安に陥るよりも、一歩前に進む気持ちで立ち向かえば、おのずと結果が見えて来る』ということだ。

この気持ちの持ち方が、後々に比較的躊躇なく多くの挑戦及び経験へと向かって行けた原動力となって勇気を与えてくれたと信じている。

想い出曲：夢の途中　来生たかお

海外旅行の実質的自由化は１９６４年。ＵＳ＄５００の持ち出し範囲内で一般人も自由に海外へ行けることとなった。

当時の１ドルは３６０円、サラリーマンの初任給が１万円あるかないかの時代、自由化になったといえども、まだ海外旅行は特定の金持ちの贅沢だった。１９６６年には持ち出し外貨の枠は変わらなかったが、渡航回数制限の撤廃が施行された。当時、飛行機での海外旅行などごく一部の金持ち社会に許された特権にも似た実情。一般人や学生にはまず飛行機での海外旅行などは初めから思考範疇にすら浮上しない高嶺の華、高値の旅。

当時、航空機での日本出発を考えられない一般人がヨーロッパへ出るには、船でソ連のナホトカ（現在のロシア連邦）に渡りシベリア鉄道でヘルシンキまでの長旅、あるいは横浜から当時唯一の横浜—マルセイユ（フランス南部の港街）間の一般貨客路線で行くこの二路線が主流であり、多くの選択肢すらない時代であった。

それでも多くの大学生たちが夢をリュックサック（当時はバックパックの言葉もなく、登山用のリュックサックが主流）に詰め込んで、この限られたルートでの貧乏旅行に旅立ったものだった。欧州まで運賃の極限まで切り詰める旅、こうして切り詰めた移動の毎日の日々でも、夢は金持ちの飛行機代金の何倍以上も大きく果てしないものだった。

夢と希望の大きさは、一人ひとりの心根に確かに溢れるほどあることは事実だった。

旅券申請に受領、外貨の用意、ビザ申請に受領と結局のところ時間的問題や煩雑化を避けるべく専門家の旅行会社、ジャパン・エクスプレスの矢口さんにお願いすることになってしまったが、これも下調べのお陰で私の準備はスムーズにことを運べたと思う。外貨規制の枠が厳しい時代、一応船の切符は一年間オープンの往復で購入し、イスラエル到着まで500ドルの範囲内での用意に不安はあった。そこはそれ、当時の闇屋世界もあり、姉の一人が当時の闇ルートでドル買いや友人の伝手をえて米兵や外国航路船員などからドルを入手したりしてくれた（もう、時効もとっくに過ぎた昔話で今の日本経済からは考えられない厳しい時代もあったということです）。

想い出曲：Yesterday Once More　The Carpenters

出国　1967年6月3日（土）横浜港大埠頭桟橋

横浜港からマルセイユ港行のフランスのメサジェリー・マリティム社（通称ＭＭライン）の路線船舶を選んだ。

当然ながら客室は一番安い三等客室で、船底に極力近い船室で丸窓から見る外の景色も限られていたが、それが苦痛とは考えていなかった。多くの人々と接する機会のある甲板上で時間を過ごすことが、大人の乗船者の人から自分の知らない他の旅行情報を得られる機会でもある。故に出来る限り甲板で時間を過ごすことを前提に考えていた。

シベリア横断の単調な旅より、マルセイユの経路の方が、横浜―マルセイユ間で、マニラ、香港、バンコク、ボンベイ（現在のムンベイ）、スエズ運河経由で地中海に入り、一つでも多くの国々をイスラエルにたどり着く前に見ておきたいという好奇心からの選択でもあった（後にこの予定が67年の６日戦争のために大幅な変更を余儀なくされるとはゆめゆめ思ってもいなかった）。フランスからギリシャまで公共機関やヒッチハイクで行き着き、ギリシャから船でイスラエルへ渡るのが大筋の計画だった。

出発のその日

家を出る前に母親がイチゴにたっぷりとコンデンス・ミルクをかけ食べさせてくれた。あのときのイチゴ、今もイチゴを食べるとあの日のことを思い出し、懐かしい記憶の一ページとなって心の中に一生の思い出として残っている。

母と兄姉、そして中学時代の同級生だった女の子3名（南里、五十嵐、藤原の3女子）がわざわざ餞別といって財布を手に、横浜港の大桟橋まで見送りに来てくれた。なぜか男子の見送りはなし。日本を出ることを多くの学校の友人には連絡していなかったので仕方ないことではあるのだが。

後日、何年も経ってから姉から聞いた話だが、母は私を送り出した後、家に帰ってすぐに仏壇の親父に線香を上げながら、私の無事を祈りながら泣いていたとのことだった。

子を思う気持ちはどの母親にとっても同じではあろうが、明治の末に生まれ夫を突然に失いながら七人の子をしっかりと育ててきた母は、決して別れの横浜港で一度も私には涙すら見せなかった。子育てに己の全てを優先し己を二の次と犠牲にして来た心根の強い女性だった。今でも、そうした母の姿を思い出すたびに尊敬と畏敬の念を禁じ得ない。私などとうてい太刀打ちできない強く逞しい女性、否、常に母だった。

想い出曲：いい日旅立ち　山口百恵

乗船、船中生活

１９６７年６月３日（土曜日）、大桟橋に停留中のフランス船籍ＭＭライン船舶で１９５４年７月に進水のカンボジア号は、静かに横浜埠頭大桟橋をタグボートに曳かれ大桟橋をゆっくりと離れて外港へと向かった。静かな日本出国だった。

乗船の手続きの際、フランス人航海士の英語が分からず長兄が通訳、そして一言、

「なんだ、これくらいの会話も出来ず出ていくのか？」

と長兄、

「だからこそ、勉強しに出て行くのだ」

と不安を覚えながらも見栄を張る自分。

カンボジア号は横浜港をゆっくりと離れ外海へ。後に知ることとなるのだが、6日戦争によるスエズ運河閉鎖による経済的影響で、運営の船舶会社が廃線を決定したので、このカンボジア号が横浜―マルセイユ間の最後の貨客船となり航海を終えることとなってしまった。

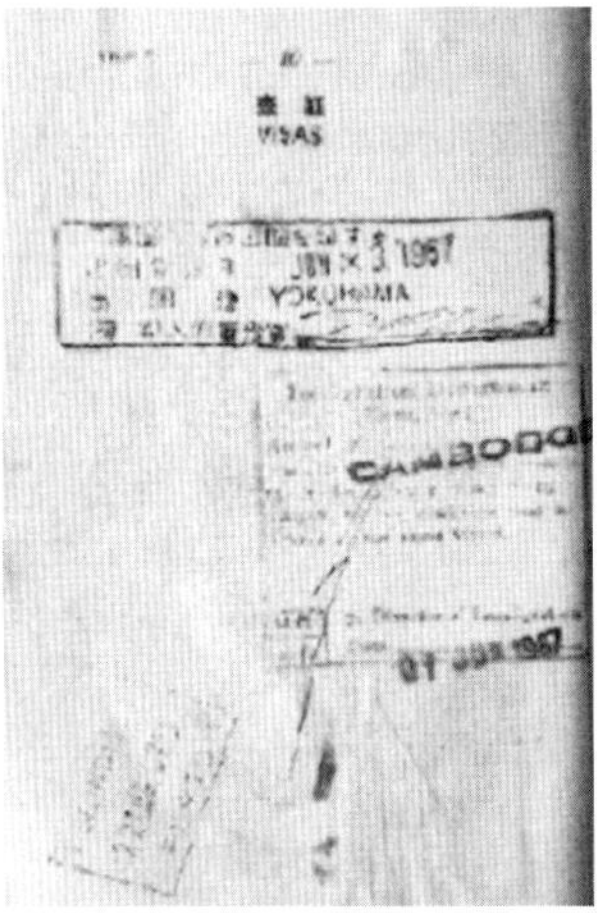

カンボジア号乗船（出国）

静かに拡がる果てのない外洋、マニラへ向かう船上で初めて〝降り注ぐ〟という表現に思わず納得するような真に迫り覆い来る夜空の星、満点の星。今にも星をこの手で鷲づかみして〝掴んだぞー！！〟と叫びそうな身近に見える星に言葉を失い叩きのめされる圧倒感。でも威圧感ではなくそこには果てしなく常に人を受け入れてくれる道標にも似た安堵がある気がした。

想い出曲：地上の星　中島みゆき

船上で過ごす毎日は、慣れるに従って退屈な日々の連続であると気づくのにはそんなに多くの時間は必要ない事実であった。その故か、接客乗務員全員が毎日行う何かといろいろな趣向を凝らしたイベントの数々も、あたかも日替わりメニューのごとくの演出を挙げて乗客の満足を煽るかのように頑張っていた。しかし、それらの気遣いは私にとっては無用のことで、毎日甲板上での大人たちとの会話や単純に甲板デッキに身を沈め周りで楽しそうにくつろぐ人々の姿を漠然とボーッと眺めながら浮揚するときの流れに遊ばれていた。

そして、夜中に床に就くまでの間、日本人の大人の会話に入り一人の仲間として認められる心地よさ。カンボジア号の全ての乗船客の中でも多分一人旅としては最年少であったであろうと思われる自分に、周りの大人たちは年齢を伝えた段階で一様に驚きを表す。

そんな私すら自然と仲間に取り込んでしまう大人たち。そこには歳などに関係のない海外への旅に夢膨らます熱き心の大人たちがいた。

カンボジア号船上

アメリカ人の娘キャシーと浅利氏

誰もそんなに安易な状況下で海外旅行に駆り立てられた者はおらず、不安に打ち勝つほどの大きな夢を抱いた者たちだからこそ分かり合える仲間意識がそこには溢れていた。同じ船室の大学生の浅利俊一氏（上の写真で私、アメリカ人の娘キャシーと浅利氏）には年端もいかない子供の私を弟のように面倒を見て頂いた。途中の寄港地での観光にも仲間に入れて連れて行ってくれたりと面倒を見てもらった。感謝。

後日、浅利氏はヨーロッパ旅行を終え日本に帰国後に、私の母親と私宛の手紙を送ってくれていた。浅利氏の手紙を読んだ母親の安堵はひとしおだったと後日姉が話してくれた。

そんな優しさに溢れた浅利氏にいつかお会いして、是非とも当時の思い出話をしたいと願っている。先回りをして、アフリカの喜望峰を回ってのカンボジア号を、マルセイユの桟橋で一人日章旗を大きく振りながら出迎えた光景に感動したと書かれてあった。

この手紙は母が亡くなった後の母の私物の整理のときに目にしたのだが、それまでの何十年もの間、子供たちのためだけに生きて来た母の心の中に大切に温められていた息子の思い出の一遍として残されていたのだろう。

この時代に海外旅行に出ることは経済的な問題だけではなく、それぞれの夢がそうした困難な現実に打ち勝った後にリュックサックに夢を詰め、それぞれに背負いやってきた人たちだ。その心眼には目的に向かう熱き心が力強い信念として自然と個々の姿に現れていた。

北アフリカをバイクで横断し道中の風景をスケッチする人、ヨーロッパ一周や諸国を巡る旅を目指す人、スペインでフラメンコを学ぶ目標の人、一人でイスラエルを目指す自分。年端の行かない私を何かと周りの大人たちは心配し且つ可愛がってくれた。

船が香港を出港した後に、同室の大人たちからイスラエルとアラブ諸国の戦争の話を初めて知らされる。何人かの人は、今後の進展を心配してくれて、彼らのヨーロッパ旅行に合流し日本に戻るようにと私に勧めてくれる人も出てきた。

結局、当の私は割と（無知が故の）極楽とんぼの世界で、マルセイユ港に着く頃には戦争は終わるだろうと安易に考えていた。船上で毎日のように行われる、家族と共に乗船中の12歳のアメリカ人娘、キャシーとの片言ながらの英会話が私の英会話への試練の第一歩でもあった。また、ドイツのリューベックへ帰る途の年配のドイツ人男性の二人が、私の英語会話慣れを目指す身近な先生たちだった。船上にはなぜか関西出身の日本人大学生さんが多く、英会話の進歩より関西弁訛りの方を先に習得してしまった感がしないでもないが、未だに関西弁は、私にとってはいつも側にいてくれた人たちの心強い言葉として心に残り、不思議にも関西弁への愛着は未だに消え薄れずにある。

想い出曲：熱き心に　小林　旭

香港

香港寄港時に一人で電車に乗り街へと出たのだが、どこをどう間違えたのかついうっかりと中国国境手前の「水上駅」という駅まで乗り越してしまった。車内を巡る国境警備隊員と入国管理官の一行が私の車両へと向かって来るのが、周りの外国人観光者の落ち着かないそぶりから感じ取られた。まだ、毛沢東の時代、共産国家へのある種の恐怖心と好奇心。真っ赤な表紙の毛沢東語録を右手に笑顔を振りまくイギリス観光団の一行。そんな光景を無機質な眼で追う私。

突然の検査に手間取っており、列車はお構いなく国境へ向かい動き始めてしまう。

車内にはイギリスからの団体観光客と乗り越しの私のみ。そこにやって来た国境警備兵と入国管理官によって、乗り越した私は拘束状態になってしまった。私の側には監視目的の中国人兵士が、カラチニコフ小銃を手にして私が着席している座席の傍らに無表情で立ち尽くす。兵士の写真を撮るなどの身振り手振りの威圧的な指示。車窓の傍らには中国大陸から香港へと生活飲料水を送る口径2メートルほどのパイプラインが延びている。何とかして、この光景を写真にと邪な考えが頭を横切る。悪い性格だ。

とっさに香港で覚えたコカ・コーラの漢字「口可口楽」を紙に書き兵士に見せる。兵士は首を振る。のどがカラカラだと懇願するジェスチャーの私。ここは演技力で頑張る。そんなやり取りが功を奏したのか、兵士は持ち場を離れ飲み物を取りに行ってくれた。まあ、年端の行かない子供の要求と諦めたのだろうか？　このときとばかりに、車窓から身を乗り出して、前方の中国方向の、パイプラインと何の変哲もない風景にカメラを向け、シャッターを切る。子供心に怖さもあったが何か思い出にとの気持ちが勝ったのだろうか？　二回ほどシャッターを切る。駅のプラットホームには、未だ自由世界に門戸を開いてない神秘の共産国中国の旅の第一歩に興奮を覚えている英国人の観光団一行が笑顔で手を我々の車両に振りながら歩いていく。

しばらくして、兵士はコカ・コーラではなく水を持ってきてくれた。

その後列車は折り返し、再び香港側の「水上駅」へと向かう。そして、私は九龍へと復路の途に。

香港を出たカンボジア号は、フィリピンのマニラ港へと向かい、その後にタイのバンコク港へと向かう日程だった。

バンコクに入港した頃に、ニュースで知らされていたスエズ運河の封鎖に伴い、カンボジア号は航路変更を余儀なくされるとの船長の報告が、船内に伝えられた。その航路変更は、バンコクの後にシンガポール、スリランカ（当時はセイロンと呼ばれていた）のコロンボ港に寄港してから一路インド洋を南下しケープタウン（喜望峰）を経由し大西洋を北上した後に、ジブラルタル海峡を通り地中海に入り、フランスのマルセイユ港へ向かうという大きな航路変更となった。

最終目的地がマルセイユの多くの乗客は、そのままアフリカ経由でのマルセイユへと向かう航路しか選択の余地がなかったが、イスラエルへ向かっている私には、この遠回りは過分なる時間浪費と思われたので、セイロンのコロンボ港で下船し、インドへと渡り陸路でヨーロッパへと向かう道を選んだ。この決断をくだすとセイロンからが本当の一人旅となる。心配してくれたり面倒を見てくれる日本人の皆さんと別れなければならないのだ。慣れという日常に別れを告げ、今こうして本当の意味での一人旅が始まる前に、どこか一抹の不安と寂しさへの葛藤が私の中で始まっていた。

想い出曲：見上げてごらん夜の星を　坂本　九

セイロン（現在のスリランカ）上陸

港の桟橋に降り立って歩き始めたら、船上生活に慣れたせいなのか、はたまた背負ったリュックの重量のせいか、酒に酔った酔っ払いでもあるかのようにぎこちない千鳥足で桟橋を進む私。荷物の重さに我慢が出来なくなり、仕方なしと桟橋の片隅で自分の体重ほどの重量のリュックの中からこれから先のどこにでも手に入れられる衣類や消耗品を引っ張り出して、最低限枚数のみを残し残りを破棄処分に及んだ。しかしながら、あまり重量の軽減状況に大きな変わりもなく、その後も真っすぐに伸びる桟橋の道を今や完璧なる千鳥足でふらふらと進む自分だった。

上陸後すぐに、スリランカのコロンボからは船で海を挟んだ向かい側のインド第三の都市のコチン市（当時はマドラスと呼ばれていた）へとフェリーで渡り、何の変哲もない海岸の砂浜に上陸した。浜辺の粗末なテント内で入国・税関手続きを済ませた。

その後、市内へと向かった。宿泊については、ユースホステルの国際メンバーカードを日本で用意していた。初めから一般的なホテル宿泊は金額的にも負担が大きいので考えていなかった。どこの国でも宿泊はホテルではなくユースホステルと決めていた。私は日本から〝マイシーツ〟を持ってきていた。それはユースホステルを渡り歩くことを念頭に入れてのことだった。

想い出曲：旅人よ　加山雄三

インド

インド横断列車の旅　マドラス（現在コチン）からニューデリーへ

セイロンからフェリーでマドラスへと渡り、マドラスのユースホステルでの一息。想定外の6日戦争の勃発により、やむを得ずに日程変更の展開となり、戸惑いと不安の中、それでもイスラエルへと向かって先へ進まなければとの焦り。連日蒸すような暑い日が容赦なく続くそんな中、ユースホステルからコチン市中央駅へと向かう。駅へと延々と続く歩道の両側に、暑さと喧騒の中、座ったり横たわったりしている象皮病やらい病患者などの病人たちが物乞いをする重苦しい絶望に満ちた静かなるうなり声にも似た響きが、周りの喧騒を打ち消すかのように漂っていた。

生まれて初めて見る強烈にして異様な様相を前に、正直経験したことのない大きなショックを受けて言葉を失っていた。初めはかわいそうと思った心情も、いつしか言葉にならない誰に対してかも分かり知れない怒りがふつふつと休の中に湧き上がり、やり場のない自分に翻弄されるだけだった。

マドラスの中央駅からニューデリーへと列車で向かう行程を選んだ。その年は、偶然にも外国人観光旅行者のインド国内訪問への歓迎目的でいろいろと観光客を優遇する、インド観光省による国際観光キャンペーン実施の年でもあった。例えば、二等席料金で一等クラスの座席にアップグレードができるといったことを東京のインド大使館でのビザ発給時にも伝えられており、実際ビザ添付ページにキャンペーン用クーポンも添付されてあったので逃すことはなかった。

マドラス市からニューデリー市へ、列車で一泊二日の旅を選んだ。一等客席車両内にはシャワールームもあり、朝食は専属ウエイターにコンパートメントに朝食を運んで頂けるサービスがあった。年端のいかない私には異次元と思われる豪華な別世界のことだった。なぜか、大人のウエイターがガキであろう私に丁寧なサービスを行う姿に、ある種の畏敬の念にも似た不可思議な気持ちを覚えたのも疑いのない事実だったとそのときは感じた。

昼間に見られた車窓の外の世界は、緑拡がる農村地帯が延々と続く退屈な風景の連続であった。

翌朝に列車はニューデリーへ到着、駅周辺のここもマドラスの中央駅同様、しつこい物乞いと訳の分からぬ病人たちの光景。そしてユースホステルへ。

ニューデリーで新たに覚えた英単語がCounterfeit/「偽札」だとは

夜は揺れのない部屋でぐっすりと眠れた。その日の昼頃にユースホステルを出て、ぶらぶらとユースホステルのスタッフに教えてもらった場末の大衆食堂へと一人向かった。大衆食堂に着き、外の木陰にあるテーブル席に座り、定食メニューのチキンカレーを頼みコーラを飲みながら待つ。近くのテーブル席にインド人二人の若者が座り込むのが視野に入るが、特に気になる状況もなく、私は届いた注文定食を食べ始めていた。美味しかった食事を済ませ、注文したミルクティーを前に、これからニューデリーより向かう先々の予定のことに気を取られ考え込んでいた。

しばらくすると、先ほどのインド人二人が私のテーブルにやってきて、

「相席できますか?」

と聞いてきた。もうすでに食事済みだったので何の抵抗もなく手で承諾の意思表示をすると、二人は笑顔で席に腰を下ろした。日本でもレストランや居酒屋などで混雑していると

きには相席を求められることもあるが、それはほとんどウエイターが口添えする店側の事情が常で、顧客同士で相席のやり取りを行うのはまれなことではある。この大衆食堂はまだ空席がなくなるほどに混んではいないし、さっきまで別のテーブル席に座っていたではないか。でも、そのときは特には不自然さを覚えなかった。というよりも自分の予定の計画でそれどころではなかったというのが事実かも知れない。

聞いた訳でもないのに、二人はデリー大学の学生だと自己紹介しながら、私が「どこの国の人間か?」「何の目的でニューデリーへ?」等、まあよくある珍しい外国人に遭遇したときの一般的なやり取りがそこでは行われた。

その後、会話の展開は彼らの学生生活の話へと移っていき、教材とすべき書籍の海外からの購入がいかに難しいかを熱心に説明する二人。その後の会話の概要は、端的に言えばアメリカへの技術書注文のためには、現金ではなく小切手の類が必要となり、銀行での小切手入手は結構煩雑で面倒なので、もし『あなたの30ドル分の旅行小切手と我々が持っている現金30ドルと交換してもらえれば、明日にでもアメリカに注文を送れて助かるのだが』という話だ。

すでに書いたように、幼少の頃から玩具は買ってはくれなかったが書籍はいつでも買ってくれた母のことが思い浮かび、なんとか勉学に勤しむ彼らの手助けにとの思いが疑いもなく自然に湧き上がった。

そんな流れで、その日の夕方の19時にユースホステル近くで会う約束をし、旅行小切手と現金を交換する話を決めて別れた。旅行小切手の代わりに現金でもらえれば、別に損得する訳ではなく彼ら学生の役に立つとの気持ちで一度ユースホステルへ戻った。

薄暗くなった夕方の19時、部屋で旅行小切手30ドル分にサインしてからユースホステルを出た。すでに彼ら二人は外で待っていた。

「個人が両替行為を行うことは違法行為なので、あまり人目に付く所では交換が出来ないし、ゆっくり時間は取れない」

と言いながら、私をユースホステルの脇道の薄暗い街灯がある道へと私を誘い込んでから、突然に急くように交換を迫った。自分としては、なんでこんな暗い所でとの懸念が頭をよぎったが、彼らの急かす剣幕に押されて旅行小切手を手渡し、手渡されたゴムで束ねられたドル紙幣らしきものを黙って受け取るだけだった。

確認のために数を数えようとしたが、薄がりの中で指に触れた紙幣のその感触がなぜか一瞬にもドルでないのではという違和感ある感触を覚えた。彼らの確認をと思ったが、そのときなぜか言葉が出てこず、彼らの「警察に見つかると面倒だから」と急ぐ様子の流れに呑み込まれてしまった。

そして二人は、取り繕う間もなく、慌ただしくお礼もそこそこに立ち去ってしまった。何かが違うとすでに確信したが、彼ら二人はもういない。

慌ててユースホステルに戻り、部屋で紙幣を確認すべくゴム輪を取りその束を広げてみた。そこには、ドル紙幣の緑色とは似つかない緑の紙質の感触も違う紙の束があった。騙されたのである。人の好意を利用された、騙されたとの怒りが湧き上がったが、もう何も出来ないことは確かだ。

騙した彼らより騙された自分にやり場のない怒りを覚えた。ホステルの共同シャワー室でシャワーを浴びながらなぜか悔し涙がでてきて一人で泣いた。湯気の水気で壁や天井にへばり付けなくなったヤモリが唐突に私の周りに落ちてくる。泣きながら自分に誓った。「これから先は絶対に二度と騙されはしない!!」と何度も何度も熱湯を浴びながら胸の内で叫んでいた。確かにこのこと以降今日に至るまで、二度と詐欺などの欺瞞行為にしてやられることには遭遇していない。金銭額の問題でなく騙されたという事実に自分の怒りを覚えた。

後日、ＪＡＬのニューデリー支店を昼食時間間際に訪ねたとき、話の流れでお金をだまし取られた話を現地スタッフに話したのだが、昼食のために事務スタッフが退所した後、年配のインド人に食事を誘われた。昨日の今日ではあったが、日本企業に勤める人との安堵感もあり、二人で近くのレストランへ。食事中も一昨日の話が再び話題になったが、その人は至極申し訳なさそうな話しぶりに自分は騙した二人より騙された自分にやるせない気持ちがあるのだと拙い英語で必死に説明するも、その成果には自信を持てなかった。それより、こうして自分の気持ちを吐き出すことで、何やら楽な気分になれたことは大きかった。

結局、その人に昼食を奢ってもらう形になってしまい、ちょっと心苦しかった。私の中でインド人を否定したわけではなく、騙した二人に怒りを覚え、騙された自分にあきれ果てただけなのだから。後で聞いた話だが、その人は事務所の責任者の方とか。御免なさい、否な気分にさせてしまって。そして、昼食ごちそうさまでした。

想い出曲：万里の河　CHAGE and ASKA

パキスタンとアフガニスタン国境のカイバル峠

二日前にカイバル峠で強盗に命を取られたイギリス人二人の話が耳に入ってきて、ユースホステルでも話題となっていた。この旅は覚悟して掛からなければ生きてイスラエルまでたどりつけないと思った。

そんな現実が存在することに驚きを覚えると共に、常に気を張って毎日を過ごして行かなければと実感した。

イラン

テヘラン市内からトルコ国境の街バザルガンへの2泊3日のバス旅行

未だ少し薄暗い明け方、『サラー』とお祈りを呼びかけるモスクからの声を聴きながらバス発着所のある広場へと向かった。テヘラン到着後、ホテルスタッフや旅行会社を巡り歩いて得た情報を元に、バスでトルコ国境まで向かう予定を立てていたのだ。

早朝にもかかわらず、広場は多くの人々の喧騒で、賑わっていた。ここテヘランからTBS社（今日もこのバス会社は存在しているとイラン人から聞いてはいるが真偽は定かではない）のバスによる、トルコとの国境都市バザルガンへの2泊3日の乗り合いバス旅行が始まるのである。当時はまだパーレビ国王時代（シャー、執政時代）。

街はアメリカの影響を多々受けた景観を見せ、ショーウインドウにはカラフルな色合いで賑わうディスプレイ。街中を歩く女性も生き生きと躍動感が見られた。

道中でお世話になったイラン人の高校の数学教師とその息子

バス発着所の広場で何人かの人々に聞き尋ねながら、やっとバザルガン行きのバス停へ。たどり着くのには少し時間を費やしてしまった。バスに乗り込み切符を提示するも、運転手は私の顔を見つめて何やらペルシャ語で話しかけるが、全くチンプンカンプンで理解する余地もなく無反応でいると、彼はやおら立ち上がりすでにほぼ満席状態の車内を見渡し全員に聞こえるような大きな声で何かを語り始めた。

しばらくすると後方から一人の男性が運転席の側まで車内の人をかき分けながらやって来て何やら運転手と話し込む。当然ながら、私は一人蚊帳の外。周りには運転手と男性の会話に耳をすませるどんなときにも生まれる野次馬が数人。何もわからずじっと立ち竦み状態。

しばらくすると、運転手と何やら話していた後方の座席からやって来た男性が私に向かって話しかけて来た。

「先ほど運転手は、乗客全員に対し英語を話す人はいないかと聞いてきた。結果的に私しかおらず、運転手にバザルガンへの到着まで私の面倒を見てくれるように頼まれたので、よろしく」

と言って手を差し出した。

彼の招きで後方の座席へと移動する。空いていた座席に座るように指示され私が座ると、私の後部座席の何人かが席を立ち他の席へと移動してくれ、その後部座席に彼と子供が座る。英語を話す彼はタブリーズ市内の高校で数学の教師をしており、連れの子供は彼の息子であった。

テヘラン市内を離れてしばらくすると、バスは荒涼とした風景の中を進む。途中のトイレ休憩等のバス停車のとき、先生親子が私に飲み物を買って来てくれ、食事時には一緒に食事をとるのだが、一度も私には支払いをさせてくれず、

「ここは私の国だから、私たちが日本に行ったらご馳走してくれ」

と笑いながら支払いを拒み、差し出すお金すら受け取ろうとしない。私がやはりまだ年端の行かない子供だと見られたのか、道中の会話の中でも、行く先々の都市の歴史的背景も話してくれた。

まだ幾分陽がある夕方にどこかの市街の広場に到着すると、人々はバスを降りそれぞれの方向へ散っていく。先生は、私を連れてバス停近くの宿へと案内してくれ、今夜はここに泊まり明日再びバス停の広場に戻りバザルガンへと向かうので、朝には迎えに来ると言い、私一人を宿に残して彼らは自分たちの別の宿へと去って行った。

翌朝、階下の受付へ降りると、先生と息子はすでに私を待っていた。受付に支払いに行くと、受付のスタッフはすでに支払い済みだと言う。どうやら先に先生が支払いを済ませてしまっていたようだ。先生にいくら立替え分の支払いをすればよいのか聞いてみるが、彼はそれには何も答えず、もう支払いは済んでいるので心配するなと言うのみ。何度か支払いを申し入れたのだが、頑として受け入れず、毎度の中東諸国で知られるホスピタリ

ティ（お・も・て・な・し）、

「ここは私の国、君は、私たちのお客、だから遠慮する必要はない」

と毎度の笑顔で言うのみ。

昨夜到着したバス停のある広場に三人で戻ると、すでに顔を覚えたバスの乗客何人かも広場に戻って来てバスに乗り込む。

バスは再び荒涼とした荒野の中に長く延びる幹線道路を進む。先生の子供は私の隣の席にたびたび移り、お互いに身振り手振りでの会話を進める。先生も是非ともタブリーズの自分の家に寄って行けと言ってくれる。残念ながらバザルガンからイスタンブールへ向かう先を急いでおり、出来るだけ早くマルセイユに着きたい旨を伝えて丁重にお招きを断る。彼の息子も残念そうな顔。やさしい好意に甘えすぎ、いろいろと寄り道をしていたらきりがないと思えたので、先を急ぐことに集中すべきと思った。こうしてイランの人々のおもてなしに甘えていたらきりがないと確信していた。心地よいやさしさに本来の目的を忘れそうになる怖さも自分の中にあった。

その日の夕方に、バザルガンに着いた。先生親子との別れのときだ。何度も何度もタブリーズへ一緒に行こうと優しく誘ってくれたが、心を鬼に、丁寧に断り二人との別れを迎えた。

彼らは、別のバスでタブリーズへと向かい、私は久方ぶりに未だに重いリュックを背負い国境へ徒歩で向かうべくバス広場を離れる。バス広場からトルコの国境は目と鼻の先だった。国境手続き（イランの出国とトルコ入国）は拍子抜けが如く簡単に終わった。

想い出曲：異邦人　久保田早紀

トルコ軍国境警備隊基地での一泊

トルコ国内に入って警備隊基地の近くを歩いていると、

「日本からの方ですか？」

と大きな声の日本語が聞こえて来た。久方ぶりに耳に響く日本語で、不可思議な感覚を持って後ろを振り返り声の主を探したのだが、どこにも日本人らしき人の姿はそこにはなかった。

イランとトルコ国境の地図

軍の宿舎と思わしき建物の軒先で、椅子に座り手を振る軍人の姿が眼に入った。目が合い軽く会釈をすると、

「こっちに、来なさいよ」

と日本語で応えながら屈託のない笑顔を見せる。まあ、相手は軍人で何の心配もないだろうし、これからイスタンブールへ向かう列車の情報が手に入るかもと考え、その軍人の座る軍宿舎の方へと足を進めた。

彼の話す日本語があまりにもきれいな日本語なので本当にびっくりしたのだが、彼はこのトルコ国境警備隊の隊長で、第二次大戦後、日本敗戦のその昔に連合国軍の一将校として日本に駐留していたのだとか。そのときに日本語を学び、ここ何年かは日本語を使うこともなくこの国境に配属されたが、今日初めてここで日本人らしき君を見たので、つい懐かしさも相まって声を掛けた次第と流暢な日本語で説明された。彼の隣の椅子に座り、冷たい飲料水にしばしの暑さを忘れる。我々の前を行きかう兵士たちは、例外なく我々の前で立ち止まり警備隊隊長である彼に敬礼をして通り過ぎて行く。

彼は、盛んに日本に駐屯当時の話をしながら、本当に懐かしそうに『日本は素晴らしい国だ』と何度も繰り返す。戦後生まれの私自身は、日本に駐屯していたのは米軍だけとい

う認識しかなかったので、連合国軍の下でいろいろな国々の軍人が携わっていたことを初めて知った。

「今夜は、ここに泊まっていきなさい」

と半ば命令口調ながらの切り口上。その好意には充分に甘える気持ちがあった。なぜなら、彼が声を掛けて来る少し前に国境の広場でアメリカ人旅行者二人に出会い、彼らからイスタンブールまでの列車の切符入手が大変難しく、何度も駅に足を運んでいるが入手出来ず、あきらめて国内線空路で行こうと決めたとの話を聞いた後だったからだ。

陽も暮れ始めた今、この誘いはある種の助け舟と思えたこともあり、好意に甘えて一泊基地内に泊まることにした。こうしたことは本来の軍規に反すること（まあ、もうすでに時効案件ですが）なのであろうが、隊長自身も本当に久方ぶりに日本人に出会い、それにも増して日本語を話す機会に飢えていたのかも知れない。

明日、イスタンブールへ向かう列車に乗りたいのだが、とアメリカ人旅行者二人の例を持ち出して切符入手の困難さの話をしたら、彼は大声で笑いながら、多分、駅員との切符入手交渉時のやり取りで、その二人は「我々はアメリカ人だ」というような、よくありがちな上から目線あるいは不遜な態度を取ったから、駅員も切符を売らなかったのだろうと言った。明日、兵隊が君を駅まで送るし、切符購入を手伝うから心配するなと言ってくれたので、何か安堵した。

夕方、将校食堂で一緒に夕食を頂いた。そのとき、

「君は何か格闘技をやっているのかね？」

と尋ねられたので、父は剣道の師範だったが私の幼いときに亡くなったので、特に私自身は格闘技に縁はないと伝えると、隊長さんは至極残念そうな顔をした。そして、少し離れた所で食事している一人の将校を指さし、彼は伝統あるトルコ式レスリング（体に油を塗った状態で戦うトルコ独特の格闘レスリング）のチャンピオンで、日本の格闘技はどんなか見てみたいと言っているので、それが叶えて上げられればと思ったと説明された。見るとその将校は身長体重共に周りの将校たちより一回りも大きい巨大さ。下手に、自分は格闘技をやっていますとでも大法螺を吹いていたら、彼と対戦する事態にでもなっていたかも知れないと思うと、ゾッとしたと同時に、病院送りされてしまうのがオチだと思い、正直の轍を踏んで良かったと思った。

食後に、その将校に誘われ練習風景を見せてもらったが、その選択が正しかったということを、身をもって感じた。

イスタンブールへの切符はありますよ

翌朝、隊長さんとの朝食後にお礼を言ってから駅へと向かうことになった。昨日の約束通り兵士二人が付き添って同行してくれた。

駅はなぜか大勢の人で大変な混雑模様。駅舎内に終わらず外まで多くの人で溢れかえっていた。兵隊が私の先を先導しどんどん駅舎の中へと入っていく。周りの人々は怪訝そうな顔で私の後を追う。そうして駅舎に入ると兵士の一人が駅員の姿が見える部屋へドカドカと入って行く。

しばらくして駅員1人と共に戻って来た。この駅員とおぼしき人物はこの駅の駅長だったのだ。イスタンブール行きの切符を購入したい旨を伝えると、1等席はすでに満席で2等席なら何とか用意できるとの話。当然私には最初から1等席は検討の余地はなかったので言われた料金を払うと、駅長は事務所に戻り再度切符を手にやって来た。ここで兵士たちにお礼を言って基地に戻ってもらおうとしたのだが、頑として列車に乗車するまで見届けるよう隊長に命令されており帰れないと固辞する。

小一時間経った頃に、兵士に促されプラットホームに向かう、当然ながらプラットホームのそこかしこも人だらけ。さらに列車が入って来て車内も人人の混雑、気後れする私の手を引き一人の兵士が人をかき分けながら前へと進みその後を私のリュックを背負ったもう一人の兵士が続く。たびたび先頭の兵士が何やら大きな声で叫ぶとなぜか人垣が緩み先へと進められる。指定席ではないので一つのコンパートメントの前に立つと兵士は戸を開け中の人々に何やら指示を出す。すると、中の一人が席を立ち別のコンパートメントにでも向かうのか出ていく。兵士は私のリュックを上の荷物棚に置きながら、席に着くように私に向かって手を差し出す。

この一連の切符購入から乗車そして座席確保までの一貫した出来事が果たして自分一人で出来ただろうか？　当然ながら無理なことだっただろう。隊長さんの心遣いや兵士たちには、感謝してもしきれないほどありがたかった。

兵士たちは、私が席に着くと満足そうな笑みを浮かべ、周りの人にも何事か声を掛けて列車を降りて行った。そして列車がゆっくり動き始めるまでホームから離れずに私を窓越しに見送ってくれた。すると、ゆっくり且つ確かに列車はスピードを上げながら動き始めた。イスタンブールへと向けて。

余談だが兵士たちが列車を降りるときに周りの人に声掛けたのは、『大切な日本からのお客さんだから、道中めんどうを見てやって下さい』と伝えていたとのこと。何という、優しさと気配り。こういったことは、けっして日本人だけの美徳ではないのだ。

想い出曲：Il Tempo Se Ne Va　Adriano Celentano

イスタンブールからパリへと再度列車による移動

イスタンブール市内の観光、アヤソフィヤ、ガラタ橋、王宮、バザール等を歩き回るも、なぜかマルセイユへ向かうその気持ちが焦りを呼ぶ。イスタンブールからイスラエルは眼と鼻の先、でも未だ入国出来る状況ではないとの状況を知る。

列車でパリに向かい、パリからマルセイユへと南下する計画を立てる、パリまでの途中に幾つかの国々を訪ねる計画は立てなかった。今は取りあえずマルセイユでカンボジア号を出迎えるのがメインとなっていた。そのカンボジア号のマルセイユ入港予定も分からない。セイロンで船を離れたときに聞いた大体の入港予定日頼りの日程作成しか叶わなかった。

現在はいくつかの国々に分かれてしまったが、当時はユーゴスラビアと呼ばれていた国、そしてハンガリー、オーストリア、スイス経由でフランスのパリへ。列車で一人での長旅は多々不便で体には厳しい状況ではあるのだが、反面様々な国々の駅から乗り込んでくる人々の様子を眺めているだけでも飽きることがない。

なぜか生きたニワトリを脇に抱えて乗車する人、スーツケースを手に車内に乗り込むが、スーツケースの中はトマト、玉ねぎ、ピーマン、チーズ、パンそしてハムが一杯、衣類など全く見られない。そうした野菜や果物チーズ等を周りの乗客に勧める人の顔、夜の10時頃を過ぎると就寝の時間なのか荷物を荷物棚から下ろし、代わりに自分が荷物棚へ上りそこに体を横たえて静かなる就寝時間を迎える乗客。

列車が東欧諸国から西欧諸国に乗り入れる頃には、なぜかこうした特色のある乗客は次第に減り、ありきたりの普通の姿の乗客がコンパートメント内を満たし始める退屈な移動時間となってくるのだった。

パリからマルセイユへ

フランスのパリに到着し、パリ市内観光後の翌々日にはパリ市内のリヨン駅からマルセイユへと向かった。

マルセイユの中央駅に夕方到着。その後、一通りマルセイユの旧港周辺をブラブラと散策。

水面一杯に並んだ多くのヨットで覆われた旧港のヨットハーバー、ヨットハーバーを包み込むように並ぶレストランの数々、そこは夏を待ちかねている地中海の港街の賑やかさが垣間見られた。

簡単な食事を取りユースホステルが位置する山頂に向かうべく出発した。

マルセイユでの厳しい試練、そして旅で初めて泣いたよ、辛くて寂しくて

ユースホステルのある山頂は徒歩で目指した。途中何度となく道に迷い、疲れもあってか足取りは重くなって、登りの山道は厳しかった。

辺りは陽も落ち、山肌に植えられた地中海松で陽も遮られ薄暗くなり始めたので、引き続き山道を登るか、あるいは山を下って中心地に戻ってどこか市内のホテルにでも一泊するかと迷い始めていた。国道を歩く道筋はすでに真っ暗になり、所々に点在する別荘らしき建物の明かりも極端に数少なくなってきていた。もう個人的には体力の限界を覚えていた。これ以上きつい山道の勾配を登って行く力はすでに失せていた。

そんなときに、三軒ほど並んでいる芝生の庭がある別荘の明かりが目に入って来た。寝袋は持っていたので、この庭の片隅に今晩だけ泊まらせてもらおうと考えた。人が間近にいない真っ暗闇の山中で一泊するよりも、近くに人がおり明かりの灯る場所で一夜を明かしたい、そう端的に「人恋しさ」のなせる判断だったのであろうか。

そんな明かりの灯る家の玄関の扉を叩き問いかけの声を掛ける。すると一人の年配の男

性が戸口に現れた。私は、自分の旅券の写真掲載ページを開いて、それを年配男性に見せながら、

「道に迷ってしまい疲れているので、もしお許しを頂ければお庭の片隅で今夜一泊だけさせて頂きたいのですが」

と、一所懸命に状況を説明した。

１９６７年ごろは、未だハイジャックや国際的テロ騒動もずっと先の時代の話。ヒッチハイクが当然のように行われ、事件事故はまれの話という時代で、欧州も戦後からの復興にむけ頑張っており、人が人に対して疑心暗鬼であることが当然の昨今とは違う、人のナイーブさが残っていた時代だった。

しかし、その男性は凄い剣幕の表情を見せながら、フランス語で、

『今すぐにここから出ていけ。行かないと警察を呼ぶぞ』

と、フランス語を理解できない私ですら、そう言っているのがわかる彼の剣幕がひしひしと感じ取られた。年端の行かない私の旅券を見せながらの懇願すら無下にされ、悲しい気分になった。

庭の片隅での一泊の可能性も消え失せたので、仕方なく再び重いリュックを背負って

真っ暗な国道へと戻った。この心折れる一件の故か、寒暖差で急激に下がった温度のために疲れきった私の脚は、こむら返りを何度も起こし、数歩歩いては倒れ込む状況が続いた。とうとう限界状況で歩き続ける力もなく、道路脇のスペースに寝袋を拡げごつごつとしたその寝袋の中に重い体を沈めた。インドの贋札詐欺以来の涙が溢れてきた。あのときは騙された悔し涙、そして今は人の冷たさと体の疲労感の悲鳴が、声も出ない涙となって溢れていた。6月ながら、山中の夜間は流石に冷え込み、あたかも虚しさと寂しさの中に深く落ち込む自分の姿が惨めに映っていた。

一緒に泣いてくれるイタリアのおばちゃん

どれくらいのときが過ぎたのか分からないが、山の上の方から道路を下って来ながら見え隠れする車の明かりらしきものの動きが見て取れた。「この車の人に街中まで連れて行ってもらおう」と自分自身に語り掛けていた自分は、すでに寝袋から出てその明かりが近づくのを道路に数歩入り込む辺りで待った。

道路に立ち手を広げて、体をもって車を必死に止めた。止まった車は小さな車（後で知ることになるのだが、それはイタリアのフィアット500という大衆車）だった。中から男性二人、後部座席から女性二人、四人ともこの小さな車に極端に不釣り合いなくらいの小太りの四人だった。彼らはイタリアへ戻る途中のイタリア人だった。

なんとか下の市街まで乗せて行って欲しいと一所懸命必死に頼み込む。しかし彼らは誰一人として英語を話せなかったようだが、状況は見て分かってくれたみたいだった。

しかし、彼らの答えは、車が小さく私が乗り込む場所がないので乗せて上げられないとの言葉。再び涙が溢れだし何とか連れて行って欲しいと頼み込むが、それは物理的に不可能なことは十分に理解できる。堰を切ったように泣きながら声を出して懇願する私に、二人のおばちゃんも私をハグしながら同様にもらい泣きをし始める、助けてあげたいけどそれが出来ないこと

フィアット500

への歯がゆさか、それともかわいそうな私への憐れみか。どちらでもよかった。一緒に泣いてくれるおばちゃんたちに途轍もなく救われた安堵が私の心にあった。

おじさん二人は、

「今夜は、我慢してここで一泊し、明日の早朝には市街へ降りなさい」

と言って、車の上に積んである荷物の中から、水、パン、果物、そして毛布を降ろし、放り出したままの私のリュックの傍らに置いてくれた。私は、まだおばちゃんたちの腕の中にいた。

それから何十年か後、イタリア語を勉強するために、イタリアで数年間を過ごすこととなった。そのとき、イタリアへ向かうことに何の躊躇もなかった。あの4人の人たちの住むイタリアは、一時の出会いの中で私にとってやさしさと温かさを与えてくれたのだから。

ヨットハーバーでの無賃船上生活

イタリア人の二組からありがたく頂いた果物で朝食を済ませてから、ゆっくりと山を下りた。やはり一台の車も止まらずヒッチハイクは出来ずに歩き通して街中へと戻った。マルセイユ港まで出向き、港湾事務所でカンボジア号の入港予定の情報を得たが、まだ二週間ほどマルセイユに滞在しなければカンボジア号を出迎えられない。時間のロスもそうだが、それよりも滞在費の方が心配で諦めてイスラエルへ向けての旅の予定へと思いを巡らした。

街中で出会ったバックパッカーの連中と話していたら、要塞から海岸に下がるあたりに大勢のバックパッカーたちが集まって野宿をしていることを聞いたので、試しにその夜はそこに向かい、世界中から大勢の若者たちが集う満天の星の下で一泊した。若者たちは何の抵抗や違和感なく自分の僅かな食べ物も周りと分け合い、いろいろ話をし、そして誰かがギターを弾き始めるとそこかしこで歌声が起こる。何か青春を覚える感動。だが現実のこととして一部の若者たちの大麻吸引の姿が見られた。場違いの気分を覚えたのも事実だった。

翌朝、街をあてもなく旧港をぶらついていたとき、そこに停留する大小様々のヨットを眺めながらふと考えが浮かんだ。

「そうだ、夜このヨットハーバーのどれかのヨットの上で眠り、翌朝早めにヨットを離れれば誰にも咎められることや怒られることもなく船上泊で過ごせるのでは？」

そんなあざとくも自分らしいアイディアが浮かんだのだ。

「宿泊問題解決!!　経費削減!!　大麻吸引光景なし!!」

その日からヨットハーバーでの無賃船上生活が始まった。波に静かにそして優しく揺れるヨットの上での夢の中、ふと目を開ければ空に輝く星、未だ薄暗い早朝に聞こえる漁師らしい人たちの会話の声で起きる準備。荷物をまとめ、そっとヨットを離れ漁師や朝早い労働者の通うカフェへと向かう生活だった。

日本郵船の船舶でのお風呂を頂いての一泊

船上野宿で問題となるのはシャワーあるいはお風呂を使えないこと。どこでシャワーを？　どこでお風呂を？　そんなことを日常的に考える毎日が日課となり始めていた。個人的には深刻な問題で、ただ濡らしたタオルで体を拭き冷たい水で髪を洗う毎日が嫌だった。

そんな頃、港をぶらぶらしていると黒塗りの船体に日本語での船舶名。一、二度その船の側を行ったり来たりの不審な行動をとる自分。そして意を決しタラップを上り始める。

当然ながらタラップの半ばで黒の制服を着た日本人とおぼしき船員に声を掛けられた。

この私は、貧すれば鈍するの言葉のように苦境を脱する日当てのためか、

「日本の方ですか？　この船にはお風呂がありますか？　私は日本人で友達が喜望峰回りで遣ってくるフランスの貨客船を出迎えるためにマルセイユに滞在しているのですが、無性に日本のお風呂に入りたいのです。お風呂を使わせて頂けませんか？」

と全く身勝手な御託の連射。

声を掛けた船員も多少「あっけに取られた」という様子だったが、

「関係者以外の乗船には船長の許可を得なければならないので、そこで待っていなさい。今聞いてくるから」

と言ってくれ、タラップの上から姿を消して船内に戻って行った。年端の行かない童顔の私に憐れみを持ってくれたのか？　それとも当時は日本の旅行者が世界に出始めるずっと前で今日と違って日本人同士の助け合いに似た同国、同民族意識とでも言うような意識が存在していたのだろうか？

しばらくすると、その船員が戻って来た。

「船長が、とりあえず会うと言っているので、私と一緒に来なさい」

と言って先導してくれた。

船長室に入り、やせ型ではあるが体のしまった船長の前に坐る。開口一番、私のことを聞かれたので、日本を出てから現在までの様子を簡単に説明し、現在はヨットの上での無賃無断宿泊の話をした。年齢にびっくりされたのか、心配顔で、

「この船は明後日にはドイツのリューベック港に向かい、その後に日本に帰る日程なので、どうだ、我々と一緒に日本へ帰ろう」

とまで言ってくれた。でも自分はイスラエルに行くのが目的であり途中で帰ることは出来ませんと子供ながらの見栄を張った。

船長の理解を得たのかは定かではないが、笑顔で案内してくれた船員に対し、無線室の責任者を船長室へ呼ぶようにとの指示を与えた。無線室の責任者がやって来るまで船長に自分の家族や生い立ちを話す。

無線室の責任者の方が入室すると、船長は、

「彼が今夜本船に泊まるから、無線室の皆で彼の面倒を見てくれ。湯船につかりゆっくりしてもらってから、無線室スタッフと我々とで一緒に夕食を食べよう」

この船長さんは日本郵船の専務役員の方で、「海が好きで」本社の事務仕事が嫌で現役

の船長として働いている本当の海の漢だった。後日この船が日本に帰還した際に、わざわざ母親に、『私に会ったこと、元気で過ごしている様子、しっかりしたお子さんだからご心配なく』などを記した丁寧な手紙を送ってくれたということを母から知らされ、その心遣いに感謝の念を今日まで忘れていない。

無線室の皆さんのお世話になり、船内を案内してもらい、その後に日本式お風呂を使わせてもらった。船内に木製のお風呂があり、湯船にどっぷり浸かり「カンボジア号」下船後から今日までの日々に思いを寄せ、そして疲れを癒した。

夕食は豪華にも久々の日本食。これだけでもうれしいことなのだが、さらに本当に美味しく完食したのを覚えている。食事中も同席の全員が、船長が言っていたことと同様に、「ここまで一人でやって来たのだからもう十分、だから一緒に日本へ帰ろう」

と言ってくれる。

本当に心配してくれている皆の気持ちは重々伝わってはいるが、私自身の夢を語り、私はここで帰るわけにはいかない旨を伝えた。海の漢たちは多かれ少なかれ、私の夢と同様に海外に眼を向けて船に乗る職業を選んだ人達だからこそ、十分なまでに私のことも歳に関係なく理解してくれ且つ励ましの言葉をくれた。

食事のデザート時に船長がグラスをナイフで叩き、全員の眼が船長に注がれると、おもむろに自分の帽子にお金を入れ同席の船員へと順繰りにその帽子を回し始めた。一周し再び帽子が船長の手元に戻ってくるとそのお金をそのまま用意されていた封筒に入れ、

「これは本船の皆の気持ちの餞別だ」

と言って私に差し出した。

私は受け取ることを固辞した。ただ「お風呂に入りたかった」だけなのに、さらに一泊までさせてもらい、久方ぶりの日本食で歓迎して頂いただけでもう充分すぎる以上の充分ですと。

しかし船長曰く、

「これから先、何かあったときに役立つかも知れないから遠慮せずもらって行きなさい。皆の気持ちだから」

うれしかった、本当にこんなに優しい「海の漢」の人たちに、浜っ子の一人である私が出会えたことが。そして、翌日、船長ほか無線室の皆さんにお礼を言って下船した。

船はマルセイユを離れ、ドイツのリューベック寄港後、帰国の途へ。私にはまだ先のイスラエルへの旅の路が。

想い出曲：海 その愛　加山雄三

パリ警視庁警察警部の息子さんを持つ日本女性

日本郵船の船舶が出航してからも、ときどき港へ足を運んだ。別に、日本船を探してまたお風呂をねだる意味ではなく、自覚はなかったのだが、単に浜っ子の私には港は落ち着くスポットだと言えるのかも知れない。いつものように目的もなく潮の香りの中をぶらぶらと歩いていたとき、とある港湾関係事務所らしき所から出て来た年配の女性が、私に声を掛けて来た。

「日本の人？」

この声掛けがきっかけで歩きながら話し始める二人。彼女はフランス人の男性と結婚した日本人女性で、ここマルセイユに長年住んでおり、パートとしてときどきここの港湾事務所で働いていると話してくれた。旦那さんはすでに他界されて現在一人でマルセイユに住んでおり、一人息子さんはパリ警視庁の警察警部の役職でめったに会えないとこぼしていた。私の方も横浜を離れてから現在までの旅の様子と喜望峰経由となってしまったカンボジア号を出迎える予定の話をした。

「私の家にお昼を食べに来なさい」

と自宅に招待してくれた。

多分心配になり食事に招待してくれたのだろう。

彼女の家は市街地から少し離れた閑静な緑に囲まれた所にあった。食事をしながら、私の旅の話の続きや小さい頃の思い出話をした。すると彼女は、

「明日から、私の家に来なさい。息子が使っていた部屋は空いているから問題ないし、食事、洗濯も心配ないから。カンボジア号の出迎え予定が決まるまでそうしたら？」

と、またもや天の助けのめぐり逢いか？

「ありがとうございます。でも、お言葉に甘えてお世話になるだけでは心苦しいので何かお礼に私が出来ることを指示して下さると助かります」

と申し訳ない私。

彼女は笑いながら、

「あらまあ、義理堅いこと」

と言い、

「それなら、外壁と部屋のペンキ塗りをやってくれたら大助かりよ」

となり、当然ながらペンキ塗りの経験のない私も笑顔で承諾した。

こうして、図々しくもカンボジア号をマルセイユ港で出迎えてイタリアへ立つその日までお世話になった。それだけに終わらず、旅発つ日には、

「ペンキ塗りの労賃よ」

と言ってお金を差し出された。これを丁寧に断ると、

「では、餞別ね。体には気を付けて。そして、必ず週に一度でいいから手紙かそれが大変ならポストカードに一言でも添えてお母様に送りなさい。これを約束して」

はい、守りました、あなたとの約束をずっと先まで。これは確かにイスラエルに入りキブツでの生活を始めた頃までも守った彼女への否、母という大きな愛情への私の約束事だった。

想い出曲：ひだまりの詩　Le Couple

カンボジア号を出迎え

その日がとうとうやって来た。港にカンボジア号を出迎える人はまばら。日本から持ってきた大きな日の丸の国旗を棒に括り付け、準備は万端。遠くにカンボジア号の船体が見え始めるまで港の遠方まで眼を凝らす。船体が見えて来た。ゆっくりと桟橋に近づく懐かしい船体、そして日の丸国旗を振る私に向かって手を振る見慣れた笑顔の人たち。びっくりした顔を一様に一瞬で笑顔へと変えて、手を振り大声を掛けてくる。

しばらくして、一人また一人と懐かしい顔が桟橋へと下船して来る。荷物を降ろし、一部の人はバイクを受け取る手続きに。バイクで北アフリカを走破する人たちだ。スペインへフラメンコの勉強に向かう大阪の女性陣、ヒッチハイクでヨーロッパを回る大学生たち。長い船旅から離れ、各自の路に向かう緊張と期待、そして夢の第一歩を踏み出す興奮。溢れる躍動感。歳ではない、情熱の熱気なのだろう。バイクで北アフリカへ向かう人たちがエンジンをふかして様子を見ながら、彼らと同行するように私を誘ってくれる。

「イスラエルは戦争には勝ったが、混乱で入れないかも知れないから、一緒に北アフリカを回って日本へ帰ろう」

　心が動かなかったと言ったら嘘だろう。確かに、各国で優しい人々に出会ってはきたが、ここまで一人旅での寂しさが大きかったのも事実なのだから。しかし、イスラエルへの夢を簡単に変えてしまう訳にもいかないのも事実。この夢のためにどれだけ調べて回ったことか。その苦労にむくいるためにも、今は諦めること、予定を変更することに決心を傾けることは出来なかった。

　バイク引き取り手続きなどの手間で、何人かは数日のマルセイユ滞在が避けられず、一緒に時間を過ごしたが、それも終わり一人一人と自分の路へと旅立って行く。私もこのまま居心地の良い皆とべったりの行動とも行かず、先の予定を立て行動に移すことに決めた。

　それは、イタリアへ移動しイタリアからギリシャへ船で渡り、ギリシャからイスラエルに入るという予定だ。戦争の結果でいかなる入国の状況になるかは不明だが、とりあえずギリシャへ行くことを目標に設定した。いろいろあって長期滞在したマルセイユを離れるのはちょっぴり寂しさもあったが、あの山中での辛いときに抱きしめて一緒に涙を流してくれた彼らが住むイタリアへと向かうのは心が弾んだ。

想い出曲：遠い世界に　五つの赤い風船

イタリア（バーリ）からギリシャ（ピレウス）に向けて

フランスのマルセイユ、ニース、モナコから国境ヴェンティミリアを経てヒッチハイクでイタリア入国。当時日本ではカンツォーネの音楽祭で知られるサンレモ、さらにサボナを経てジェノバの街へと順調にヒッチハイクで進む予定だったのだが、サボナ近郊の山中では通り過ぎる車ばかりで全く止まってくれない。マルセイユ山中での記憶がフラッシュバックしたが、でもここはイタリアと自答し歩く。

想い出曲：Azzurro　Adriano Celentano

ヒッチハイクの怖さ（運転しながら自慰行為を行う運転手）

ヒッチハイクをする時の、片腕の親指を立てて進む方向を指図するジェスチャーをすることもなく、山を下る道路脇の大きな石に腰掛けていたら、一台の大型フランス製乗用車シトロエンが私の座る大きな石から少し通り過ぎたところで急ブレーキを掛けて路肩に止まった。こんなとき、「待っていました！」となるのは当然のなりゆき。

リュックを背負い、逃さぬものかとの気持ちで止まっている車へと駆け寄る。運転しているのはきっちりと背広を着こなしている中年男性。『ジェノバ？』と声を掛けると、運転の中年男性が首を縦に。荷物を後部座席に放り込み、運転席横に座る。そして、車は山の下へ向かって動き出す。

「助かった、今夜はジェノバでゆっくりと休める」

彼は話しかけては来るが、イタリア語で私には理解不能。彼は英語を話さないようだ。そうしたあまり会話のない走行がしばらく続く中、ふと彼の不可思議な行動が眼に入る。ポケットからハンカチらしき物を取り出し腰かけているズボンの上に拡げる。そして、やおらズボンのジッパーを開けて一物取り出すと「オナル〜〜」。

あっけに取られた私。運転の合間に私にも同じようにしろと手を出してくる始末。彼のジェスチャーで読み取れる。さらにその手で、私の頬やズボンのすそを上げて脚のすねを触ろうとする。当然ながら、初めての事態に遭遇し対応の仕方も思いつかず、ただ体を扉の方へ押し付けるように寄せて、『やめろ、やめろ』の連呼。

反対車線に大型トラックや運転席が比較的高く位置する車両がやって来ると、運転手が我々の車内を覗かれる可能性があるので流石にそれは嫌なのかハンカチらしき物で一物の上を覆う。そのためのハンカチだったのだ、彼のズボンは呆れるほどのテント設営状態。こうした状態が結構山を下る間に長く続いたが仲間に引き込めないと悟ったのか、路肩に車を止め、手で降りろとのサイン。願ったりかなったりの私は早々に降り荷物を引っ張り出す。

車はすぐに発進し離れて行った。正直、人生初の異様な経験に、車から降りても体が幾分か小刻みに震えていた。理解しえない状況に遭遇するだけでも体は緊張し震えるものだと初めて知った。

次にヒッチハイクをするときには、肩から斜めに下げたカメラケースに、何の護身の役にも立ちそうにないレストランのテーブル等で見かける刃先の丸いナイフをこれ見よがしに差して、疑心暗鬼の感情を持ちながらヒッチハイクに好意的な車に乗り込んだ。

その後、何台目かの車の運転手は英語を話す人で、ジェノバの先のリボルノという街からピサへ向かう村の人だったので、そこまで乗せて行ってもらうことにした。山の麓の彼の家に着いたら家族で歓迎してくれて、結局一泊することにまでなってしまった。お礼に

5円玉を家族全員に配り、「5円とご縁」の語呂合わせを説明。穴の開いた硬貨はヨーロッパでは珍しいので喜ばれた。安い宿泊費だと揶揄されるかも知れないが、対価は友情と感謝の証と信じて止まない。

トスカーナを移動中にも、頻繁に外での昼食時の一家や数家族に遭遇する機会には必ずといっていいほど、

「一緒に食事をして行きなさい」

と声を掛けられた。トラウマ的な例の「オナル〜〜」の一件はあったものの、益々イタリアが好きになったのは至極当然のなり行きだった。

リボルノ、ピサ

ピサの斜塔は、是非、行ってみたい所だった。中学時代に美術（前述の大きな影響を得た中島先生）の時間にペン画の課題があり、そのときに雑誌に掲載されていたピサの斜塔を丁寧にペンで描き、先生にその出来栄えをほめられた上に一時クラスの壁に優秀作として飾られた。後日、母もそのペン画を大層気に入ってくれて、額に入れ家の中に飾ってく

れていた。母が亡くなった後に家が整理され、このペン画は姉の所に今日まで残っている。

ローマからバーリの港へ

ローマは見所一杯。「ローマの休日」ではないが、ゆっくりと名所を足で巡り歩いた。その間に、ローマの反対側のアドリア海に位置するイタリア第三の都市、バーリからギリシャへ行く船があることの情報を得る。

早々に切符を購入し、列車でローマより港湾都市バーリへ向かう。バーリに到着後、真っすぐに港へと向かったのだが、手違いで出航時間を間違えてしまい、港に到着したときにはすでに船は出発した後だった。ここで余分な宿泊をするのは避けたいので、慌てて近々にギリシャへ向けて出航予定の船舶を探すのに奔走する。幸いにも購入済みの切符がエンドースされ、少額の追加料金で別の船舶に乗船することが出来た。その夜遅く、眠い中、ギリシャのピレウス港に向けて出港した。

ギリシャ・ピレウス港からイスラエルへ

夜遅くのバーリ出航後の翌日には、ギリシャのピレウス港に到着。ピレウス港からアテネ市内へと向かう。

学生時代に歴史や美術の教科書で何度も遭遇した遺跡を目の前にして、感慨もひとしおのある種のなつかしさ。

アテネでイスラエルのハイファ港へと向かう切符を手配する。6日戦争が終了し、イスラエルへの入国が可能との情報を得て一安堵。念願の地への路は開けた。出航は再度ピレウス港から夕方に出航の二泊の船旅だ。

もちろんながら船室ではなく甲板のデッキクラスと呼ばれる最安クラスでの旅だが、雨が降る時期でもなく、この最安クラスが若者のたまり場的存在で、多くの旅の情報が手に入る最適のクラスだった。

カンボジア号のときと同じように、デッキチェアに横たわり星空を眺めながら、周りの若者たちとイスラエルでの夢を語り合う楽しさ。世界中からやって来る多くの若者たちは、キブツに労働ボランティアとして、ユダヤ人の青年は徴兵を選びユダヤ国家に貢献する夢を語る。

活気ある雰囲気の中で、そこには、自分が何かの役に立つ、貢献できるといううれしさと期待感が驚くほどの純真さの中で溢れかえっていた。

想い出曲： הקולות של פיראוס　חיים משה

イスラエル

ハイファ港での入国からキブツ・ダリアへの途、ぐっすり寝込む

１９６７年８月２日の朝、ハイファ港にゆっくりと入港。入国手続きはいたって簡単に済み、取りあえずバスでキブツ協会からの日本人研修生たちが滞在すると聞いていたキブツ・ダリアへと向かう。疲れとやっとの思いで目的の地イスラエル国へたどり着いた安堵感からか、バスの中ではあっという間に寝落ちしていた。

目が覚めたときは、キブツ・ダリアから随分離れた所のようで、その見知らぬ場所で急いでバスを降りて、反対側のバス停に移動した。しかしここでハタと気づいた問題が発覚。現地通貨（当時はイスラエル・ポンドと呼ばれていた）を充分な金額分の両替をしないで、バス料金くらいの両替のみで乗車してしまった失敗だ。目的地のキブツ・ダリアのバス停に戻るにしても、手元には余分なイスラエル・ポンドはなし。

どうしたものかとバス停で思案していると、一人の男性がやって来た。

「こんにちは、バス停を寝過ごしてしまったので、戻りたいのですがバス代のイスラエル・ポンドをお借りすることをお願いできますか？　住所を頂いて後でお金を送らせて頂きますので」

と身勝手な都合をその人にぶつけた。

その男性は私の顔をしげしげと見つめてから、

「どこから来たのかな？　中国？」

「いいえ、私は日本人で、今朝ハイファに着いて、キブツ・ダリアに行く予定なのです」

「ああ、日本人なのか」

と言いながら再度しげしげと私を見つめるとポケットから財布を取りだし、お金を差し

出す。差し出されたお金は少しバス代には多めだったので、

「キブツ・ダリアへ行くバス代分だけで十分です」

と言うも、

「途中で何か食べなさい」

と言ってくれる。

「お借りしたお金を送るために住所とお名前をこのノートに書いて下さい。両替したらすぐに送りますから」

と応えながらノートとボールペンを手渡す。彼は、「返さなくていいよ」とでも言うかのように手を横に振る。

「困ったときはお互いさま。もし私が日本で困っていたら君が助けてくれるよね。そんなもんだよ、持ちつ持たれつということだ」

と言って名前も住所も書くこともなく教えてくれなかった。しばらくして彼が乗るバスがやって来たので彼はそれに乗って去って行った。

随分と待った後にようやく私が待つバスがやって来た。今度は寝過ごさないように、さらには周りの人にキブツ・ダリアに着いたら教えて下さいと声を掛けての万全対策を施す。

キブツ・ダリアに着き、日本人グループが滞在する住居に案内してもらった。ちょうど、数名の日本人がいたので、彼らに声を掛けた。めったに日本人など来ない世界。歓迎してくれ、日本人グループの世話人のイシャヤウ・ハラシュ氏を連れて来てくれた。

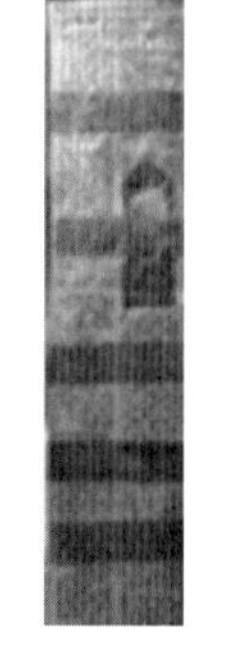
マリーブ紙の記事

後日、このハラシュ氏が当地の新聞〝マリーブ〟紙に〝日本からの小さなシオニスト〟とのタイトルで私自身のことやどのような旅をしてイスラエルまでやって来たかを記事にしてくれた。新聞が記事になった頃には、すでに後に紹介するキブツ・サリドで生活し始めていた。この記事のお陰でキブツ・サリドの多くの人が声を掛けてくれるようになった。

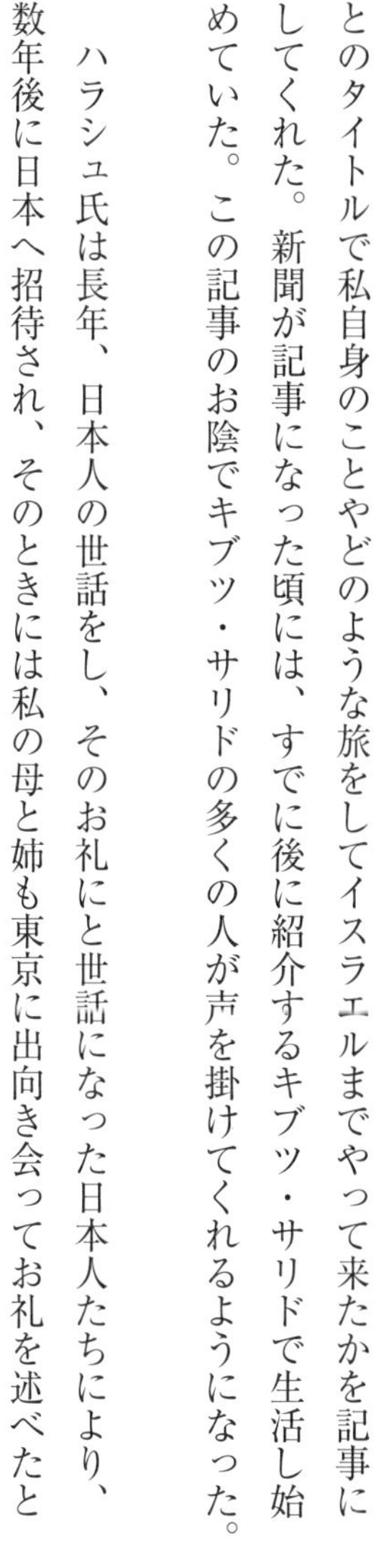

ハラシュ氏は長年、日本人の世話をし、そのお礼にと世話になった日本人たちにより、数年後に日本へ招待され、そのときには私の母と姉も東京に出向き会ってお礼を述べたと姉から後で聞かされた。そのときも、ハラシュ氏は、

「しっかりした息子さんだし、私の方からもキブツ・サリドのウルパンと呼ばれるヘブライ語学校の知り合いの先生にも良く頼んでおいたので、安心してください」

と言ってくれたので、母も随分安心したそうだ。

その日の夜、皆が集まって歓迎会をしてくれた。ほとんどの人が東京の大学で教育関係の学部に籍をおき、キブツの教育政策に関心を持つ人たちだった。皆さん一様に私の年齢に驚かれ心配してくれた、私もこのままキブツ・ダリアでしばらく生活できればと思っていた。

しかしながら、夕食後にハラシュ氏から言われたのは、キブツ・ダリアでは、兵役に就く18歳、すなわち高卒までの間は、親元を離れた別のキブツにある学校での同年代での集団生活が義務付けられており、他の近郊のキブツからも参加していると説明。したがって私も18歳未満なのでキブツ・ダリアには滞在できないとの話。

「まずは、ヘブライ語を勉強しなさい。ウルパンの先生をしている友人の一人がキブツ・サリドという所に住んでいるので、話してみるから、その結果によって次の対応を考えよう」

となった。

翌日、ハラシュ氏がやって来て、キブツ・サリドのウルパンはすでに3ヶ月を過ぎているので途中参加にはなるが、その後で新規のクラスに参加するか、別のキブツの上級クラスに参加するかを決めたらいいのではと言われた。

その日の午後にバスで出発した。キブツ・ダリア滞在中に何かと気遣ってくれた女子大生の方が見送ってくれた。東大生の山本さんら男性陣は果樹園や工場の方の仕事で十分なお礼とお別れの挨拶は出来なかった。いつか時間が取れたら会おうと話はしていたので、休みのときにでもキブツ・ダリアに足を運ぶことを約束していた。前日の夜みんなで日本の歌を久方ぶりに大声出して歌い楽しんだ。あの想い出。山本さん、覚えていますか？

想い出曲：ブルー・シャトウ　ジャッキー吉川とブルー・コメッツ

キブツ・サリド

サリドは、ショメル・ハツアイル（The young guard）と呼ばれる団体組織のメンバーで東欧諸国やロシアからの移民の人々が中心になって大戦前に築かれたキブツで、政党ではマパム党に属する左派系キブツである。イスラエルの穀倉地帯のイズラエル盆地にあり、アフラ市からハイファ市へ向かう幹線道路の途中に6日戦争で世界的にその独眼竜の容姿で名をはせたモシェ・ダヤン将軍が生まれたナハラルと呼ばれるモシャブ（入植村の一形態）の中間ほどに位置するキブツだ。

ウルパン（ヘブライ語学校）

イスラエルは離散して世界中の言語環境の違う国々で生まれ教育を受けてきたユダヤ人が、自分たちが戻る国としてイスラエルの国造りを進めていく。そのためのイスラエルの言語として、2000年の歳月を経て死語となっていたヘブライ語を近代ヘブライ語として復活させた。

世界中からの移民のユダヤ人にそのヘブライ語を教える教育の場として、ウルパンの役目は大きい。英語やフランス語等の多国語での説明や通訳は一切なく、唯々ヘブライ語のみで進められる授業。それも、日常生活で必須且つ使える言葉表現に重点をおく。

私は他の学生より3ヶ月ほど遅れて授業をスタートしたので、一夜漬けでアルファベットを覚えることに挑戦する羽目になった。

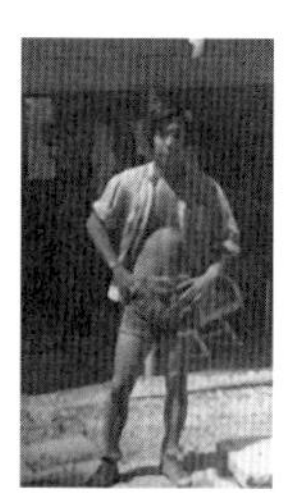

そこで自分なりの学習法を見つけ出して、それを成し遂げた。それは、人間の本性に適した順番通りという理論的に見える発想から逸脱して、アルファベットの順番に拘らず、何度かアルファベットを見ているうちに、早い段階でビジュアル的に印象付けを得た記憶や比較的簡単に眼で記憶に焼き付けた文字を除いていく方法だった。

辞書を引くことが出来るようになるのは、ある程度語学力が出来上がってからの段階なので、今はアルファベットの順番は何の意味もなく、文字の記憶即ち念写みたいなものが手はじめだった。

ヘブライ語は、三つの語幹のルート・根幹と呼ぶアルファベット文字から派生するので、この根幹のアルファベットが分からなければ辞書も引けない（これはセム・ハム語系統で共通で、アラビア語も同様）。6ヶ月のコース（私は実質その内の3ヶ月のみを受講）を終えると、さらにレベルが上の上級コースへ進む者、別の職業学校や他のキブツへと個々の道を求めてそれぞれ散っていく者とそれぞれだ。

私もヤコブ先生（彼がハラシュ氏の友達）から上級コースへ進むよう勧められたが（別のキブツへ移ることとなる）、ここサリドが結構気に入っており、キブツにボランティアとして残ることにした。その当時は、単に世界中から訪れる若者との楽しい生活が勉強より魅力的に見えていたからかも知れない。ウルパン終了後3ヶ月ほど過ぎる頃には、キブツの子供たちとの簡単な会話をし、仕事で接するキブツのメンバーとの会話にもヘブライ語の単語が増えだして、語彙を増やす機会も多く出来始めた。

別のウルパンには行かないという決断だったが、農場で働く機会で出会ったキブツのメンバー、アムノン氏の家を午後のおやつの時間帯に訪ねては、特に文法中心に教えてもらっていた。個人的にも別の上級クラスのウルパンに行かなかったことに何ら後悔はしていない。いや、アムノン氏同様に「ヘブライ語を教えてあげるよ」と、多くのキブツの青年たちや年配者も同様に声を掛けてくれ、多くの顔見知りが出来、それが多くの友達へと発展した。それが会話習得に更なる拍車を掛けてくれた。

言葉は人間同士の意識交流の道具であって、決して単なる頭でっかちの知識を振りかざすための知恵ではない。言葉は道具、道具はそれをどう使ってみるかによって、初めてその価値を導き出すのでは？

ヘブライ語の読み書きが早い段階で出来るようになったのはラビのおかげ？

キブツの大食堂を階下に降りると、〝モアドン〟と呼ばれるメンバーや子供たちのたまり場的クラブがあり、夕食後に私も顔を出して、知り合った友人たちとゲームやコーヒーを楽しむようになっていた。その頃からモアドンで良く目にする一人の高齢とおぼしき人に気が付いた。なぜかいつも私がモアドンに入って行くと、優しい微笑で私の動きを目で追う様子。

ある日、私がいつものようにモアドンに入って行くと、彼は目が合った私に向かって「おいで、おいで」の手招き。意図が分からず黙って無視していたら、周りのキブツのメンバーの人に、

「ラビ（ユダヤ教の司祭）が呼んでいるのだから、行きなさい」

とたしなめると同時に促された。

半ば仕方なしの気持ちで彼の側に行くと、前へ座りなさいと彼から指示された。彼の前に座ると、私の眼前に新聞を広げ、彼が読み上げる後に続いて声に出し読み上げるように

指示された。彼にとっては単なる年寄りの暇つぶしかも分からないが、結果として私はヘブライ語初級者の手助けとなる発音記号なしでのヘブライ語の読み方を知らず知らずの間に習得したようで、前のウルパン生徒の誰よりも早く読み書きが自然と身に付くようになっていた。このラビのおかげだ。

ロシアから移住されたラビで、子供たちと共に高齢ながらイスラエルに帰って来た人だった。そして今は息子がメンバーとなっているサリドで生活している。このラビに出会ったことで、私は今日ヘブライ語会話のみならず読み書きが曲がりなりにも早く習得できた。恩人の大先生なのだ。

キブツ生活

ホームシック

ウルパンの勉強や労働が終わってから夕方にかけて、ウルパンの宿舎から少し離れた所にあるキブツの中高生たちが使う図書館・学習室へ通うのがいつしか私の日課になっていた。図書館は小高い丘からなだらかに少し下った所に位置し、そこから間近にキブツの高校3年生が共同生活をする宿舎が位置していた。この丘に座り遠くを眺め見ると、その先にはイズラエル盆地の山々が拡がり見え、夕方に陽が沈みかけオレンジ色に染まる遠景が風景画のように拡がる。

後で聞いた話でまた聞きの世界ではあるのだが、ホームシックは、当人が向き合い頑張っている新たな環境での生活対応に慣れると、幾分かの精神的落ち着きを得たと自分で錯覚するほどの安堵感がやって来る。そんな中、当人だけが自覚症状を認識せずに何らかの通常では見られない不可思議あるいは要領を得ない行動をとるものらしい。

私の場合もそうだった。当時ウルパンでの勉強と半日ほどのキブツの果樹園でのリンゴ摘みにも慣れだした頃だった。日課となり毎日のように通い始めたその図書館には、キブツで中高生を教えるアブラハムという年配の先生がいた。左腕に第二次大戦中にユダヤ人強制収容所でナチスによって刻まれた番号の入れ墨跡が残っていた。キブツ内の学生でもない私の入館にも、優しい目でいつも迎え入れてくれた人だった。

あるとき、私の傍にやってきて、旧約聖書を置いて何も言わずに自分の事務室に戻って行った。それは、彼が私にくれたプレゼントだった。寡黙で目には優しさが映える笑顔の人だった。聞けば数学、物理、国語、聖書の先生であり、その上に7か国語を完璧に話すだけでなく、読み書きも出来る人だとか。その話す言葉の中には中国語も入っていたという驚き。でもどこも何の偉ぶったあるいは知ったかぶりの言動は皆目なく、ときおり図書館内の私に声を掛けてくれる先生だった。

ある日の午後、小高い丘に腰を下ろし、一人ただただ漠然と遠くに目をやる自分がいた。何か言葉にならない寂しさを覚え、一人涙を流している自分がいた。声にはならずただ涙が溢れ出ていた。どれくらいの時間が過ぎたか計り知れないが、ふと人影らしき動き、そして突然に隣に座り込む人影、そして私の肩に優しく手を掛ける。それは、ウルパンのヤコブ先生だった。何の言葉も掛けてはこなかった、それが何かそのときはありがたかった。ただ、傍に座り私同様に遠くの夕日を眺めている。

そのとき突然に堰を切ったように、私は押し殺していた声から解放されたかのように声を上げて、膝を抱え両手の中に顔を沈めてただ泣いた。このときが、私の中にホームシックがその姿を現し且つ去って行ったときだった。

後日教えられたのは、同じクラスの何人かが私の行動に普段と違う様相を感じ取って、ヤコブ先生に相談したらしい。それは夕方近くになると図書館前の丘に腰を下ろし、何をするでもなく遠くを見つめる私の姿だった。先生は、ヘブライ語を教えるということで世界中からやってくるユダヤ人と接してきた経験から、こうした不可思議や要領を得ない行動を素早くホームシックと悟った上で、注意して私の行動を追っていたとのこと。

自分では、少しも不可思議な行動などを取っていたとは思わないのだが、他人から見ていると普段の行動と結構違っていたらしい。この涙を流し、声を上げて思いっ切り泣いた日から、何かが吹っ切れていつもの自分へと戻っていた。変に慰めや気休めの言葉もなく傍にただ黙って座り込む。涙と共に泣き声を上げる私が心を開ききるそのときに、黙って

可愛がってくれた
サンディとタミー

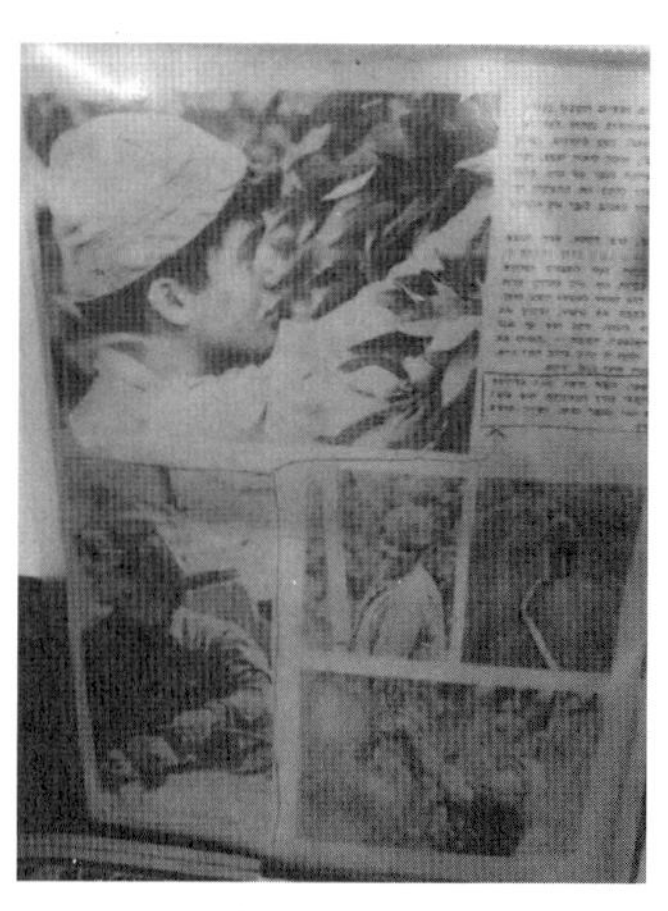

キブツ機関紙に載った私

寄り添って同じ時を過ごしてくれた先生の優しさと愛情を感じた。

初めての彼女

その後も、夕方近くの図書館通いは習慣のように続いた。特に勤勉欲が高まって図書館へ足を向けたわけでもなく、多分に一人でいるときの時間潰しの意味合いがあったのだと思う。

そんなある日、図書館内でよく見掛ける顔に初めて気が付き認識し始めた。彼女は図書館から少し離れた学生宿舎でときどき遠目に見かける高校生だった。私が図書館に入ってからしばらくすると、彼女も図書館に入ってくる。そんな状況がたびたびあったが、そのこと自体に気が付いていなかった。ある日挨拶の言葉を彼女と交わし始めてから、私の拙いヘブライ語での会話に付き合ってくれる時間を過ごすようになっていた。

彼女の名前はI、このようなきっかけからいつも隣同士で座るようになっていた。冬を間近に控えたある日の夕方、いつものように図書館に出向き、彼女も合流し隣同士に座り会話を楽しんでいた。その日に限って図書館内には私と彼女の二人のみ。しばらくすると大降りの雨が降り始めた。そしてときどき、大きく響きわたる雷鳴と雷の閃光。そんな状況下でも二人の会話は止むこともなく続いていた。うろ覚えだが、確か将来の夢の話などした記憶がある。

再び大きな雷鳴と閃光、そして突然の停電。漆黒の闇。会話が凍り付いてしまったようだ。暗闇の中で何を話していいのか？　分断される頭の中で会話のきっかけを探し求めたが見つけられない。何をなすべきか分からず焦っている自分がいた。

暗闇で無意識に彼女の手を探し求め、自分の手が彼女の手に触れてその手を思いっ切り握った。彼女も私の手に呼応するべく優しく握り返してきた。私は無意識に彼女の体を引き寄せて彼女の唇を求めた。キスをし始めた無我夢中の自分がそこにいた。この出来事を機会に、私が学生寄宿舎の彼女の部屋に出向いたりする交際が始まった。同室の女性が気を利かせ、私が出向くとその彼女はそっとどこかへ消える。そして、二人だけで部屋で過ごす一時。

ウルパンの終了後にボランティアとしてキブツに滞在することを決心した後には、彼女が私の住む一人部屋へやってくるという生活パターンが比較的長く続いた。今後の私の生活についても何度か話し合ったりした。彼女には兵役義務の徴兵が間近に控えていた。キブツは狭い世界で、ある種の閉ざされた世界環境。二人のことが大人たちに知れるのも時間の問題。

彼女は、そのことについて何も気にしている様子は見られなかったが、そのときの私は臆病者だったのだろう。どこか二人の関係がキブツの人、特に彼女の両親や彼女の兄に知られることを怖く感じていた。キブツ外の女性や他のボランティアの外国人女性だったら、さほど気を使わなかったであろう。キブツ生まれの彼女なので、多分に考えてしまった。

結局、身勝手で卑怯ながら、一年後くらいに彼女と別れる決断をした。この身勝手さと優柔不断な腐った根性は、その後も常にまとわりついて私を苦しめ、記憶の中に積み重ねられてきた。その後は、外国からのボランティアの若者やウルパンにやってきた女性と何人か付き合ったが、いつも最後の決心の詰めが取れない優柔不断さで、何の形にも残らない記憶の片隅にのみ追いやられ、その寂しい形跡だけを残すだけだった。

苦い青春の一ページと言えば聞こえはいいが、単に自己中心な自分なのだった。

想い出曲：ある日突然　トワ・エ・モワ

想い出曲：Sealed With A Kiss　Brian Hyland

農業での汗

　キブツではいくつかの仕事を与えられたが、汗を流す仕事に一種の憧れを持っていた自分は、特に農業に憧れていた。畑での仕事を始めるようになって、トラクターやキャタピラーでの仕事も任され、自分にはホワイトカラーよりブルーカラーと、中学生の頃からの夢見ていたことに近づいた感があり、毎日が楽しかった。

　畑では小麦の畑が中心の仕事だが、ときにはビーツ栽培、トウモロコシ栽培や綿栽培のグループへの灌漑用スプリンクラー移動の仕事の手伝いもした。トウモロコシは成長が極端に早く、長いアルミパイプの移動は最初の頃はパイプを横にして移動するがトウモロコシの成長に従って腕を胸の前に、首の辺りに、そしてその内に頭上に上げて移動、それ以上になると今度はパイプを立てる形で（まるで捧げ銃の形）これは大変な重労働だった。

D9リモコン操作？

当時、麦の収穫後に大型のキャタピラーを使って畑に大きな鋤を入れる作業を任されていた。あるとき農地に羊や山羊を入れて放牧する（もちろん、農地の持ち主の了解を得て）ベドウィンの人々がキブツの人に畑で出会い、そのとき、

「あなた達ユダヤ人は凄い！」

「あんなにどデカいトラクター（キャタピラーの意味）をリモコン操作しているのか!!」

感嘆の様子。キブツのメンバーには何のことや分からず「?.?.」。後にキブツのメンバーが理解したことは、私が巨大なキャタピラー・D9を操作していると、その大きな運転席に座る私の体が地上の人からは見えず、地面から見上げればまさに無人で動いているように見えての感嘆だったようだ。

D4で角度70度近い坂を行ったり来たり

牛舎用の飼料として、実を付けたままのトウモロコシを農機具でチップ状態に刻んだ物を、牛舎近くに用意された場所に山積みにして保管、冬の時期にそれらを牛の飼料として与える。両側に2、3メートルほどのコンクリート壁があり、前後を開放状態にした場所にトウモロコシのチップを順次積み上げて行く。

そしてD4クラスの小型キャタピラーで、その上を何度か移動しながら積み上げられた飼料に押し付け圧を掛けて、出来るだけきっちりと積み上げた状態を作り出すのだが、なだらかな坂を作る状態でチップを圧していくと、最終的には保存飼料の量的効率が悪くなるので70度以上と思われる角度を付けて、山積みのトウモロコシ・チップスをD4で押し付けながら下り、そしてそのままバック運転で後ろへ戻りながら急な坂を上って行く。

その急な角度からバック運転で登るときは、運転席から放り出されそうなつんのめった危険な状態になる。それでか、やはりこの作業は誰もが逃げたがる仕事で、何の因果か、あるいは与し易い（断らない）と思われているのか、常に私の元へと依頼が来てしまう。

一度、壁際を上り下りしていたときに、操作ミスか壁にキャタピラーが軽く接触したのか、「ガッガ」と不気味な音、そしてキャタピラーが90度近くの角度で立ち上がるような状態。瞬間的にひっくり返るのではとの恐怖心から、思いっ切りキャタピラーを蹴って、傍のコンクリート壁へ飛びつく。しかしながら、キャタピラーは、ひっくり返ることもなくトコトコと坂を昇っていく。無人のままで。

慌てて飛び移った壁から押し付けられたトウモロコシ・チップの山へと飛び降り、今度は無人で走るキャタピラーを慌てて追いかける。それに飛び乗って止める。汗びっしょりだった。何事もなかったのが不思議なくらいの思いと、ホッとした安堵感が生んだ冷や汗だったのか。

そして、このことが後に続く〝D4ひっくり返る夢〟へと続くのだが、この一連の出来事が何を示唆したものだったのか今日でも分からない。ただ、言えることは、「私は、守られている」。そんな不遜な心情の助長だけだ。

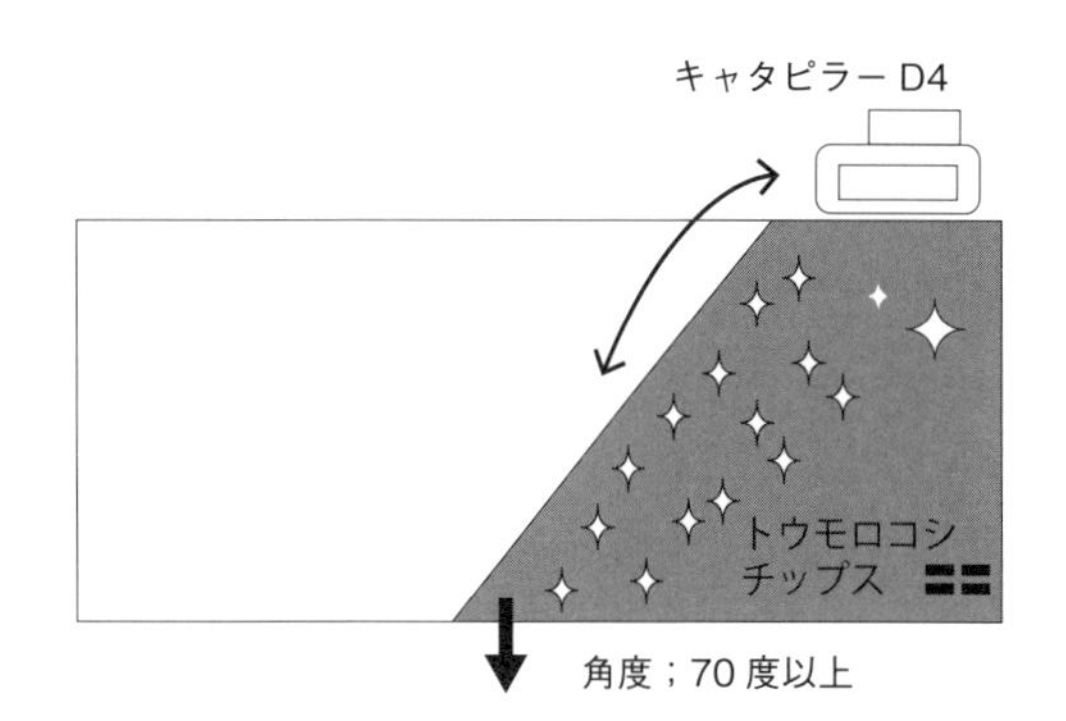

D4　ひっくり返る夢

Ｄ４という比較的小型のキャタピラーでの仕事を任されてしばらくたったある日、この〝Ｄ４ひっくり返る夢〟を見た。それは最悪の夢で、怖くて目が覚めたほどだった。

夢は、私が農地の表面をキャタピラーのＤ４を使って大きな地ならし用器具を引っ張りながら作業をしている夢だった。農地の端側を方向転換のために迂回していたときに、Ｄ４の片方のキャタピラーを大きな石に乗り上げてしまった。そして、グラッと傾いた車体が埃を上げながら横転した。

私は運転席から車外へと投げ出され、悪夢はその私の上にＤ４が倒れ下敷きに。多くのキブツの顔見知りの人がやって来て、私を引っ張り出すため、全員がＤ４を持ち上げてキャタピラーの車体に手を掛けて力を入れる。

でも、キャタピラーはビクともしない。

「無理だ。どうにもならない」

とあきらめモードの声。そして、そんな彼らを私はキャタピラーに押し潰されているにも拘わらず冷静に状況を見つめていた。

するといと、一人のキブツのメンバーが現れ、

「助ける。助けてみせる」

というなり、手をキャタピラーに掛ける。そして、なんとキャタピラーを一人で持ち上げると、他のメンバーが私を引っ張り出してくれた。

そしてここで冷や汗と共に夢から覚めた。

不思議だったのは、助けてくれたメンバーのことだ。なぜゆえに彼が？

夕方、里親サラの所へ向かった際にこの夢の話をすると、彼女は驚いた表情を見せた。

彼女曰く、私を助けてくれたメンバーが若いころ畑でＤ４を運転していたとき、キャタピラーが横転し車体が石の上に横たわる状態で倒れたことで幸いにも圧し潰されることもなく助かったのだとか。幼少の頃から似たような不可思議な経験をたびたび経て来た自分には比較的自然なことではあったが。サラは驚きの様子だった。

農地に兵士の姿

真夜中に畑にキャタピラーD9で鋤を入れる作業が必要だが、所帯持ちのメンバーは嫌がるので、どうしても私の所へとお鉢が回って来る。まあ、別段断る理由もないので受けることになるのが常。別称、キブツの栓（空いた仕事に必ず当てがわれてあたかも流し台の栓のように仕事に穴を空けない意味）。大きな鋤を入れる作業では、鋤を入れた後のきれいで真っすぐな溝が、その仕事をきっちり且つきれいに仕上げたとする自己満足の世界ではであるが、常にきれいな仕事を目指し、手抜きはしないがモットーであった。

ある夜、いつものように夜10時から仕事場の畑へジープに乗って向かう。一人で大型キャタピラーを稼働し仕事に入る。今回の畑には灌漑用のパイプが地中に埋もれていなければ、単純に行ったり来たりの連続作用の退屈とも言えるマンネリ仕事だ。灌漑用パイプが埋められていれば、そこを通る寸前に鋤を上げパイプを通過すると再度鋤を地中に入れる必要がある。

そんな繰り返し作業の中、11時を過ぎた頃だと思うが、ふと前方の畑の中ほどに目をやると、何か人影らしきものが見えた。動くこともなく何か寂しげな雰囲気でたたずむ兵士のイメージが頭の中に刷り込まれる。ここイズラエル盆地は、イスラエルでも有数の多くの畑が点在する穀倉地帯で、実際のところときどき落下傘部隊兵が一人で夜間のナビゲーション訓練のために移動している光景を目にすることもあったので、先方に見える人影らしきものもそうした訓練の者かとも一瞬思ったが、でも銃器らしき物の影が見えない（当然、兵士は銃器携帯でナビゲーション訓練を行う）。

だんだんと不安な気持ちになり、なぜか運転席近くにあった40〜50センチほどのアルミパイプを手元に引き寄せた。キャタピラーが前へ前へと進んでも、その人影らしきものは動かない。突然に鳥肌が腕に現れ、得体の知れない怖さが体を襲ってくる。もう、その人らしきものに目を向けられずに、ただ前方に鋤を入れられた溝だけを悪夢から避けるかのように凝視するだけ。

そして、その人影らしきものを通り過ぎて畑の端に辿り着くとエンジンを切る。急いでジープに乗り換えて一目散にサリドへ戻る逃走劇。なぜだか体が小刻みに震えていた。キブツに戻り畑仕事の責任者の所へ向かう。この幽霊話を告げると、怒るというよりあきれ返った表情と共に冷ややかに笑う。

その人影らしきものを見かけたとき、頭部分と思われる部位に目が引き付けられて、そのとき最初に頭の中に浮かんだのは、顔見知りの果樹園で働くキブツのメンバーの残像だった。そのことを伝えると、責任者は笑いながら、

「今、彼は予備役に取られキブツにはいないから。君の見たものは疲れからくるものか、あるいは単に仕事をさぼる口実だ」

と言い切られてしまった。返す言葉もなく、その夜はそのまま帰宅し、翌日から再びその畑での仕事に出た。もう人影らしきものも二度と現れることもなかった。

それから、10日ほどしてキブツに連絡が入った。それは、私がイメージとして捉えた、予備役でキブツには不在であった彼の戦死報告だった。

農閑期・ランドリー

冬場の農閑期には、キブツ内で全ての仕事を振り分け人事の監督をする人から、

「キブツのメンバーの女性陣から、キブツ内のランドリーでの洗濯・乾燥の仕事に君を寄越して欲しいとの要望が上がったのだが、どうだろうか？」

冬場は確かに畑仕事が激減するので断る理由も見つからず承諾した。これが想像以上の肉体労働で、女性陣が頑張っている状況に感服した。

仕事は毎日の途切れることのないルーティン作業の連続。キブツに居住するメンバーに限らずウルパンの学生、ボランティアも含めた全員の、シーツやタオル、仕事着、下着類、幼児のおしめ、さらには繊細な洗濯指示が要求されている衣服類（但し、ドライクリーニングはない）。連日集まって来る衣類を仕分けして2シフトだけで大型の二層横型ドラムの洗濯機二台、繊細な衣類用洗濯機、脱水機、乾燥機三台をフル稼働する仕事だ。

幼児のウンチ等が付いたガーゼ生地のおしめは殺菌効能の溶液が入っている溜まりプールに浸されている。女性陣は殺菌溶液による肌荒れ対策と臭いから手を守るためにゴム手袋を使用するのが常識。私は、そんなことには無頓着で、素手でおしめを掴んでは洗濯機に入れ込む。これには女性陣は本当に驚く半面、汚物の付いたものでも素手で平気に扱う私に対して、妙に信頼と愛情ある対応をするようになっていった。キブツを離れるまで冬場は私の働き場所と必然的に決められていた。

ときどき、仕事の切迫感がなく余裕があるときには、洗濯、乾燥を終えた温かい洗濯物が入った大きな袋の山の上に横たわり、好きな本を読んで時間を潰したのも楽しかった思い出の一つだ。

想い出曲：[illegible] גשם בוא

穀物サイロの中で埃まみれの……そして、さっぱり丸坊主

収穫した小麦を何度となくキブツの穀物サイロへ搬送したことがある。責任者も私の勤務態度を認めてくれたのか、たびたび穀物サイロでの仕事を振り分けられた。サイロ地下収納場所の穀物類などの取り込み口に、畑から運ばれて来た穀物類を流し入れ、底に堆積した穀物類などをベルトコンベアでそこから掬い取り、上部に位置するサイロに組み分けて収納される。

上部へと送り込むベルトコンベアが問題もなく稼働している状態のときは、それはとても楽な仕事で、本を持ち込んで時間潰しの読書も出来る。しかしながら、もし何らかの事情でコンベア機器が故障したりベルトコンベア自体が切れたり破損すると、かなり面倒くさい状況が生じて来る。そして、それが厄介な代物（状況）へと展開するのだ。

最悪のケースは、コンベアのベルト自体が切れて、ベルトコンベアに固定設置されてい

るカップ内の穀物類の全てが地下部分の底へと落下してしまうことだ。すると、ベルトコンベアのベルト連結修復修理の後に、地下部にたまった穀物類と埃や不要物をきれいに取り除かなければならない。サイロの底は空気の流れがなく、且つ高温多湿状態。眼や鼻の穴は、埃で塞がれ、埃が顔や体にまといつきながら、流れ出る汗と混じり薄黒い一筋、二筋と頬を滑る。すぐにでもその地下部から脱出して地上に出て思いっきりきれいな空気を吸いたい衝動に駆られる。

9月の暑い日、収穫後の小麦をサイロに送る仕事のときに、なぜかこうしたベルトコンベアの欠損滑落事故がえてして起きる不運さ。地下の底に下り、防塵マスクなどの埃対応策もなしで黙々と底に溜まった穀物と埃の掃除。そんなときに限って湧き上がる怒りにも似た苛立ち。抑えきれない感情爆発が起こる。

その日は、そんな感情の沸点を超えたのか、作業を終えて息苦しさに辟易しながらソロソロと地上に這い出ると、近場の消火給水場に猛ダッシュ。冷たい水で顔、頭髪や体の一部を洗い流し、やおら自分の部屋へと職場放棄の一目散。そし

さっぱりと丸坊主

て、はさみと剃刀を持ち出して消火給水場へ逆戻り。バッサリと髪を切りながら剃刀で頭の毛を剃る。鏡を見る必要もなく、唯々頭に剃り込みの剃刀を当てる。そして、ようやくスッキリとした気分に浸る。

その夜にキブツの大食堂に足を入れた時点で、会食中の全ての視線が注がれると想像される事態など全く眼中になく、黙々と剃刀を進め坊主刈り作業にまい進した。

出会い・ふれあい・そして仕事

サンドラ（サンディ）・L

サンディとはキブツ・サリドのウルパン・ヘブライ語学校での出会いが初めだった。ユダヤ系イギリス人の移民者で、フランス語、イタリア語、スペイン語、ドイツ語、イーデッシュ語（欧州系ユダヤ人が使うドイツ語系の特殊な言語）をその場その場の話し相手に合わせて自然に相手の言葉で話しかける彼女に、日本語しか満足に話せない自分がだいぶみじめに思えたものだ。理由は分からないが、彼女は常日頃から何かと私のことを気遣ってくれて、優しいお姉さん的存在であった。いつのときも私を一人にさせず、常に彼女や彼女の友達仲間の中に迎えられていた。

数年後に彼女はその卓越した語学力を生かせるイスラエル・エルアル航空のCAとして定年まで勤め上げた。その間にホテル業界の人と結婚し、長男・長女を授かった。しかも、旦那となったギルの父親がその昔、後にお世話になるホテル学校の前身のタドモール・ホテルの元オーナーの一人。こうした、不思議な因縁めいた関わり合いが人生の面白さなのだろうか？

彼女もキブツ・サリドに滞在時期にはサラとハイムの里子として迎えられており、後に私とは姉弟として以前以上にいつも見守ってくれるお姉さんだった。そして今日までも。

想い出曲：La bohème　Charles Aznavour

ヤコブ・E

ウルパン時代に果樹園でリンゴ摘みの仕事をしていたときに、トラクターを運転していたヤコブという青年が声を掛けてきた。何かと日本に興味があるのか、私も何かと日本のことを話して聞かせたりした。その後は、何かと彼や彼の友達仲間とつるんでは夕食後の夜の時間を過ごした。傍から彼の動向を見ていると、何かと外国からの若者たちの相談事に乗ってあげる面倒見のいい好青年の印象だった。

年は私より6歳上でブロンドの髪でどことなく若きジェームス・ディーンに雰囲気的にも似ており、キブツにやって来るウルパンの女生徒やボランティアの女性の人気の的。そして常に中でも一番美人と見られる女性を虜にし、付き合うキブツのドン・ジュアンと周りはあきれ半分、羨ましさ半分の眼差しで見ていた。

ある日の午後、彼と一緒に彼の母親の家へと向かう途中、外国からのボランティアの男女数名が芝に座り、スイカを食べていた。ヤコブは声を掛け立ち止まり雑談。そして、その場を離れたヤコブはこう語り始めた。

「彼らは、日頃私に向かって、『何かと気遣って、助けてくれて唯一我々のことを心配し

ヤコブと著者

てくれる人だ』と言っているが、今誰一人スイカを我々に勧めることもなく自分たちだけで食べていたね。別にスイカが欲しいわけではないけど、少し寂しいね。自分は親から弟や周りの人とも食べ物を分けあって仲良く食べるという環境で育ってきたからね」

この言葉は、私が母から受けてきた自分の家での教えと全く同じだと気づいた。彼の育った家がこうした環境なら、私も共感できるし安心して友達付き合いが出来ると確信した。

その後、一時彼がアメリカへ渡り美術学校で学んでいる時期以外、我々はキブツ内で共に違う仕事に従事しながらも、本当の家族の一員として受け入れられて日々の生活を謳歌した。彼は、後に書いてある戦闘機パイロットのギドンの影響をも受けたのか宗教世界に回帰し、その後に結婚し一人娘を授かり今は孫もあるお爺さんとなって平穏に暮らしている。あの若かりしドン・ジュアンの風情は、もう遠い昔の一ページの記憶の中。

キブツ・サリドでの里親（サラとハイム・ベンヤコブ夫妻）

サラ、彼女とのエピソードを話すとなったら、それだけで一冊の本が出来てしまいそうなくらいその数がありすぎてきっと自分自身が混乱することになってしまうに違いない。

キブツでの生活の中、何組かの年配の夫婦が私のことを心配してくれてのことか、キブツでの里親として受け入れてくれるべく声を掛けて来てくれた。夕食前の5時頃に何組かの家を訪れておやつの時間を過ごした経験があるが、特に誰を里親にという選択も出来ないままいたのが実態だった。

しかし、ヤコブ・Eの所で書いたように、あるきっかけを以て彼の親に里親になってもらおうと決めた。ヤコブの母親サラはポーランド出身であり、ユーゴスラビアでナチスと戦った元パルチザンのアロンとキブツで結婚し、ヤコブと弟エルダッドを授かるが、後に二人は離婚し、二人ともキブツ内で別々に再婚し生活する。子供は何の違和感もなく親元へ遊びに行き交う。サラはルーマニア出身のハイムと再婚し息子ラムを授かる。ハイムも再婚で前妻との間に男の子オリがおり、親も子供らも皆キブツ内で上手く生活している。

日本人感覚ではなかなか難しい人間関係だがここキブツではあまり違和感なく受け入れられている様子だった。〝建前より本音で生きる〟と言った世界観の違いもあるからか。それとも、人間は個々の本質を重視し付帯的環境は人間を計り知ることにはならないという明確な認識がその長い迫害の歴史の中で、今ここに故国を再び起こし建国した〝生きて活きる〟彼らは、次世代を育む上で子供一人一人に価値観を認め温かく社会が見守るということなのだろうか？

初めは「おやつ」の時間に彼らの家に行くと、そこには、ヤコブ、エルダッド、ラム、オリ、時期的にはばらつきがあるが、他の里子となったサンディ（サンドラ・L）やユディット、そして私と結構な賑わい。再婚したハイムは、キブツ内の建築工事の責任者。サラは、彼女自身が50歳過ぎてからはキブツ内での老人ケアと老後問題にいち早くその身を置き周りから慕われていた。設立から時を経てキブツの高齢化の現象は、イスラエル国内のどこででも比較的多く遭遇する。高齢化社会予兆はすでにもう現れていたのだろう。イスラエルは、日本同様に国民健康保険、社会保険が義務化されており、さらに充実した医療環境と重なり何度もの戦争やテロ攻撃を経験し、多くの命を失い、戦争による身体的障害を持つような人々も多く存在する現実の厳しさの中でも、平均寿命は日本とあまり差異の見られない統計数値を表す結果を着実に実現している。

時が過ぎる中で、ヤコブはアメリカへ、エルダッドは駐フランスのイスラエル大使館の保安要員として勤務、さらにはキブツで知り合ったフランス系ユダヤ人のマリアンヌと結婚し後に車部品販売の企業を起こす。ユディットもキブツを離れ、サンディはエル・アル航空のＣＡになりそしてホテルマンのギルと結婚。ラムはサリドから離れた所の別のキブツであるミズラでの学生寄宿生活。

こうした諸々の状況変化に伴い、必然的に〝おやつ〟の時間もハイム、サラそして私の３名だけになったりと以前と比べてもあまりにも寂しい状況。しかしながら、それ故のことか、普段より多くサラとの会話時間が生じ、我々の心の結びつきがより一層深く強くなったと自信を持って明言できる。本当に多くの話をした、狭い環境のキブツ内での世間話以外にも私自身のことや彼女の幼少期の話などお互いをより多く知り合える機会がそこにはあった。

私の恋バナもした、ときにはストレートに怒られたことも。しょげる私に、

「自分に関係ないと思えば、なにも憎まれ口を言わないよ。一番きついことを言ってくれる人が一番心配してくれている人だと受け入れなければ、決して大きく成長して尊敬される大人には成れないよ」

とよく聞かされた。実の母と重なる言葉の重さを真摯に受け取った。

キブツのメンバーになる方向で動き始めて、土曜日の夜全メンバーが集う集会で私のメンバー希望の案件が挙げられ、私をメンバーに迎え入れるかの賛否を問う投票となった。

ユダヤ人でもなく、ユダヤ人と結婚している訳でもない私が、結局後悔するだろうからと、メンバー入りを反対する意見がほとんどの状況だった。

そんなとき、サラが手を挙げて、メンバーになりたい私の気持ちや彼女が一番よく知る私の人柄などを、説得力を持つ口調でメンバーに話しかけてくれた。投票の結果としてメンバー入りを認められた。そして、そのときの様子をサラは私には何も語らず、只、

「おめでとう、良かったね」

の言葉のみ。このこと以降、私も他人のために何かをしてあげても極力〝私がやってあげたんだ〟的な恩着せがましい態度や言葉は絶対せずに黙って見守ることを大切にするように学び実行している。なぜか中根東里の「施して報いを願わず。受けて恩を忘れず」という言葉と重なる。

1984年4月の初め頃、日本にいた私の元へ弟のラムから電話があり、サラがガンの闘病生活を送っていることを初めて知らされる。ラムが伝える医者の話では、彼女のガンは末期状況であまり猶予はないとの話。ショックで言葉を失い返答のしようがないほどに狼狽した。老人ケアに頑張っていた彼女が何で？

翌日に実母に状況を話して、しばらくお見舞いにイスラエルに行って来ると伝えると、

母は躊躇なく、

「行って、満足のいくまでお世話して来なさい」

と言ってくれた。そして、私はイスラエルへすぐに向かった。

午後のおやつ等多くの時間を費やした家での久方振りの彼女に会う。未だ十分に意識はあったものの彼女の体は見るに堪えないほどにやつれてやせ細っており、事前にラムや看護師さんたちから言われてはいたが、その姿を凝視するのはあまりにもつらく過酷なことだった。

彼女は、何も言葉を発せずに弱弱しく私を抱きしめてくれたが、その様子は誰の目にも辛そうだった。私も言葉を失っており、ただ黙っているしかなす術が見つからなかった。そんな私を察したかのようにはっきりした言葉で「早く仕事に戻りなさい」と一言。私の眼に涙が溢れていた。突然に私が彼らの前から消える訳にはいかなかったので、その日から一ヶ月ほどキブツに滞在した。

特に私に何が出来るということではないのだが、毎日畑に出て昔懐かしい仕事を手伝う日々を送っていた。

彼女には、一時の休みもなく四六時中看護師、身内や彼女と仲の良かった友人たちが入れ代わり立ち代わり傍にいた。それは、彼女を一人にするという非情なことが決してあってはならないと疑う余地のない人々の精一杯の愛情表現だったと思う。キブツの人曰く、「彼女は、多くの年寄りのケアに尽力してきた。今こそ、我々がそんな彼女に恩返しするときだよ」と。

そして１９８４年5月24日（木）の早朝3時に静かに永眠。

お世話様になりました。そして本当にありがとう。サラ。やすらかに。

想い出曲： אמא　שלומי שבת

タドモール・ホテル学校（ヘルツェリア・ピトゥア）

付き合う彼女たちとのたびたびの別れを繰り返す中でも、居心地のいいキブツでの生活は続き、この安心感はキブツのメンバーとなるまでに展開して行った。

しかし、それもしばらくすると、

「このままのキブツでの生活でいいものだろうか？」

「もっと何か別な世界があるのでは？」

「若い今に何かを学ばなくては？」

「この何にも心配のない日々の生活に安住していていいのだろうか？」

等と、たくさんの疑問符のつく事案に自分自身が縛られ苦しみ始めた。

ある日、夕刊紙の募集欄に載っていたホテル学校の生徒募集案内の告示を目にした。手に何の職も持たない私の目を捉えた内容は、ホテル学校は労働省と観光省に依って運営される公的教育学校であり、外国からやってくるユダヤ人移民者が出来るだけ早く自立できて、ヘブライ語が完全でなくても母国語等の利用で就職口を見つけられる可能性があるホテル業あるいは観光業への就労誘導ということだ。

イスラエルは、歴史的にも宗教的にも、多くの観光資源を有し観光業は第一次産業と当時は考えられていた。当然ながら月謝などの支払いは発生せず、逆にコース期間中は食事、宿舎は提供されさらに月極の給付金をもらえる（ホテル学校自体が実質的に三ツ星ホテルを一般の旅行者にサービス営業をしており、その収入からも給付金は当然ではある）。

とりあえず生活基盤を求めていた私は、手に職、当面の生活安定、ホテル業はどこの国でも仕事を見つけられることなどを総括的に考えて一度調べてみる価値があるのではと考えた。

そして、翌週仕事の休みをもらい状況を探るべくテル・アビブに隣接するヘルツェリアピトゥアにあるタドモール・ホテル学校へと向かった。ホテル学校の事務室でいろいろと質問している所に、偶然料理人の白衣とこれまた白い帽子を被った大柄な男性が入ってきた。

シェフ・ニコライ（ホテル学校校長）

このときがシェフ・ニコライとの最初の出会いだった。今日と違い、当時は未だシェフと言われる世界に通用する本格的な料理人はイスラエルには少なかったが、その中でもヨーロッパ諸国でも認められ知られているシェフ・ニコライの名前は特別だった。

彼は毛色の違う私の顔を見つけると話しかけてきた。

「どこの国から？」「今はどこに？」「何の目的でタドモールへ？」

などの質問攻め。今日はとりあえず様子を知るべくキブツからやって来た旨を伝えると、

「ちょうど今日、ホテル・レセプション・コースの試験をやっているから、受けていきなさい」

と軽く言う。私は心の準備もなく唐突に試験と言われてもとの思いで返事をしかねていると、

「これも、何かの機会。試験を受けていきなさい」

と一方的な押しの言葉。なぜかこれも何かの因縁か導きかとも思い、結局試験を受けることになってしまった。試験科目は数学と一般教養だった気がするがはっきりとは思い出せない。

その日は試験後にキブッに戻った。特に難解な試験でもなかったが結果に期待することもなく。何か行きがかり上で受けた試験というくらいの気持ちだった。

後日、合格の連絡が来た。合格通知を受けた後、しばらくいろいろな状況や結果を自分なりに考えながら結論を模索した。結果としては、比較的簡単にキブッ退去との決心がついた。新たな道へと進むことを決心し、手に職を持ち別の可能性を模索出来るチャレンジも今の年齢でこそ出来ることでは

タドモール・ホテル学校フロントコース終了証書と、写真

ないかと考えが落ち着いた。

そう決心し里親のサラにも報告すると。彼女には驚かれると思ったがあっさり受け入れられ、ただ目的もなく淡々とキブツ生活を続けるよりも、若いときにいろいろと試してみるのは無駄ではないから賢明な判断かも知れないと言ってくれた。

ホテル学校生活

ホテル学校でのレセプション業務クラスの多くはイスラエル生まれで徴兵義務を終えた若者たち（サブレ／サボテンの果実を意味する。外は棘で荒々しいが果実は甘くて美味しいことからイスラエル生まれの子供の総称に使われる）。そこに海外の国々からイスラエルに移住してきたユダヤ人の若者、その中に一人異質の私がいたのだが、何の違和感や疎外感もなく勉強と実際の実務スタージュと楽しい日々を過ごし、私はホテル学校の寄宿舎で日々の生活が確保できていた。

当時、ホテル学校の寄宿舎の玄関口には、通話受けのみ用に昔のダイヤル式黒電話が置かれていたが、ダイヤルを回す一つの穴がダイヤルが正常に回転できないように施錠されていた。不思議なもので、こうした状況下でも必ずと言っていいほどにコック、ハウスメイド、フロントスタッフや経営学コースの中に軍役で通信部隊か通信機を扱っていた者がおり、彼らが受話器を置く場所の近くに陣取り、電話機の受話器を置く所にあるオン・オフの突起ボタンを手でモールス信号かのように小刻みに叩き0（0は一定間隔で十回叩く必要性がある）~9の必要回数を叩き出して希望の電話番号を呼び出す至難の技。これで学生は電話料金なしで国内外の家族・友達と連絡をとる。学校側も管理人に監視を託すも、当時は監視カメラもない時代、四六時中は監視できず対策に苦慮していた。その被害額が高額に達する海外通話もたまにあった。

後日、ホテル学校に勤め始めてから、ホテルの経理責任者がこうした違法通話の詳細を知るべく私に調査して欲しいと依頼してきた。当時、テル・アビブ市内の電話局まで出向いて、フランスの都市グルノーブルまで通話していた、すでにコースを卒業した元女生徒の割り出しまでこぎ着けたことが記憶にある。

学校の寄宿舎で生活し、毎日通う学校。ホテルでの辛い実務経験で私は、優秀学生に選ばれ、前述のシェフ、ニコライ氏や学校・ホテルの責任者・講師、そして有名なホテル・チェーンのオーナーたちとの会食の場に招待されたこともある。

その折に、テル・アビブ市内の５つ星ホテルオーナーから卒業後に自分のホテルで働きなさいと声をかけてもらった思い出もある。結局コース終了後には、実務講師を兼ねてホテル学校にホテルのナイト・オーディター／夜間の会計責任者として残るように誘われて、それを迷いもなく受け入れた。給料的には外のホテルに勤めた方が完全に優遇されるのだが、こうして手に職業を得る機会を与えてくれたイスラエルへの恩返しと考え、また数年間でもホテル学校で勤めてみるのも自分にとっても良い経験となるのではと考え決心した。

こうしてコース終了後に学校に残り、人に教えることの楽しさ、充実感を得ながら、誰もが認めてくれた夜間の会計仕事に励んだ。ホテル学校は一応国の施設なので、必ず年に一回は会計査察検査が入る。初期には、夜に行われるその日のホテル業務の試算表書類に毛色の変わった私が署名しているという疑心暗鬼から来るのか、それこそ、一日ごとに半年分ほど書類チェックが行われた。呆れるくらいの手間暇をも惜しまずに。でも、すべて正確に試算バランス表が記載されている現実を目にして、初めて会計査察員が褒めてくれた。

そしてその後は一年分のランダムに選出した1週間ほどを調べ私への監査業務は終了という形になっていた。それがさらに極端になると、私の署名があれば検査なしで書類に監査員の認めの署名をもらえるまでに信頼を勝ち取っていた。そんな関係からか年度末には、ホテル及び学校の会計責任者までもが私の署名を私にはまったく関係のない会計書類にするようにお願いに来る始末。私の署名があるだけで監査員も比較的簡単に書類を認めるとの理由だったらしい。

このホテルで生まれて初めての空襲警報を聞くこととなった1973年の十月戦争（10月6日～10月24日まで）を経験し、キブツ時代の頃に子供だったよく知った何人かの若者が戦死する訃報を聞き、何度もやるせなさの涙にくれた日々を経験した。

そして、このホテル学校勤務は、私のその後に大きな影響を与える出来事がもう一つ始まるきっかけを成した場所でもあった。もちろん当時は知る由もない人生の流れと呼ばれる、不可思議な人生の縁というべきことの一部でもあった。

タドモール・ホテル学校校舎入り口

タドモール　フロント・マネジャー：レオン・M　Heart of Gold

英語で言う「Heart of gold」の呼称に最もぴったり当てはまる人物がいるとしたら、彼がその一人だ。当時、彼はホテル学校のホテル自体の副支配人で実質的にホテルを運営していた人物で、彼自身もタドモールを卒業し私の先輩としてナイト・オーディターを経て副支配人になっていた。いろいろと仕事のことを教えてくれるだけでなく、実務講師の私にとっての模範となるべき人だった。

その後彼は、テクニオン工科大学のテル・アビブ市内で行われる外部講座のホテル経営学を学ぶことを決め、そのときに私にも声を掛けてくれた。そして、もう一人の仕事仲間であったダニエル・シャロンと共に3人で入学することを決めたのだった。

ときには講座を抜け出して映画館に足を運んだこともあったが、常に講義をさぼることを躊躇(ためら)っていたのも真面目な彼だった。授業料も彼が書類手続きを手伝ってくれ、私が返却義務なしの奨学金を受け取れるように手配し骨折ってくれた。このように人に対して誰よりも面倒見のいい優しい人で、誰も彼を悪く言う人に一度も遭遇してない事実が正に彼を「Heart of gold」と呼ぶにふさわしい人だということを物語っているのだ。

想い出曲：Heart of Gold　Neil Young

スカパ夫妻

スカパご夫妻は、ホテル学校になる以前からタドモール・ホテル内でバーと土産物店を所有し運営していた。キブツ・サリドで里親が一緒だった姉貴的存在のサンディ・Lの元旦那の父親もこのタドモール経営陣の一人だったとかで、私にとっては何かと因縁めく場所がタドモールと言っても過言ではないだろうか。

スカパ氏はバー、夫人は土産物店を賄う形でテル・アビブからバス（ホテル真ん前に停まる。当時はユナイテッドツアーというバス会社が運営）で通っていた。私が常に少し早めの夕方にホテルに入るということもあり、時折バーでビールを飲みながら彼と雑談を交わしたり、彼が忙しい様子だと土産物店に行って彼女と話し込んだりしていた。時間潰しと言われてしまえばそれまでだが、いろいろと昔のタドモールを知る人と話を交わすのは楽しかったのも事実だ。

80年代にはスカパ氏の眼の悪化が見られて、そう頻繁に会う機会も減ってはいたが、切手や記念コインを集め始めたこともあって、彼らの土産物店から何度か購入しており、何かとスカパ氏と収集の話に時間を費やした思い出がある。後日40年以上も経て、知人を介して彼らの息子と孫娘にあたる人に出会うことになるとは想像すらしなかった。

このような不可思議な出会いの機会を数多く経験している私自身ですら、本当にイスラエルは広くて狭い人間模様の溢れる世界で、世の中の不可思議さを垣間見る因縁めいた時の流れに驚かずにはいられない。

ヨム・キプール戦争(十月戦争　1973年10月6日~10月24日)

当時ホテル学校で夜間のフロントスタッフ向け実務コーチをしていた時は、まだ自分の住居が見つけられず、学校の寄宿舎を出てからはホテル学校及びホテルの傍に建つ簡易住居で生活を送っていた。

夜勤明けで部屋に戻りぐっすりと眠りの世界、その日は1973年10月6日、土曜日だった。

どのくらい眠っていたのだろうか？　部屋のドアをドンドンとうるさく叩く音で、深い眠りから起こされた。眠りが足らない寝ぼけまなこでちょっと苛立ちを覚えながら返事を返した。

「誰？　今休んでいるんだけれど」

「ヤキ！　起きろ！　戦争だ!!　警報サイレンも聞こえないのか？」

とドアを叩く知らない男の声。戦争？　警報サイレン？　何のこと？　いい加減にしてくれ!!　悪い冗談は！

これが誰にとっても長くて辛い、且つ今までになかった24日までの戦争の始まりだったのだ。

この6日の開戦日の早朝には、キブツで一緒に遊び果樹園などでも働いたことのある、まだ18～19歳で言葉少なく、はにかみの笑顔を見せるキブツ生まれの若者たちがすでに戦死していたのだった。

戦争の中、イスラエルから退避することなど一切何も頭の中に浮かんだことはなかった。私にはここに留まることが当然のことだったのだ。

想い出曲： לכשתגדל שלמה ארצי　זמר לבני ליאור

戦闘機パイロット　ギドン・S

私が住んでいたキブツ・サリドと港湾都市ハイファ市の中間辺りに位置するキリヤット・ティボンと呼ばれる街に住むギドンとは、キブツの里親の兄のヤコブとの繋がりで知り合った。

知り合った当時は徴兵前の高校生で、何度か彼の通う学校に行って、他のギドンのクラスメートらの高校生に日本の政治、経済、習慣など多くの話をした。彼の父親のオムリは、写真が趣味で、何度か私をモデルにして、彼の勤務するハイファ市の市役所ビルの屋上で何枚かの写真を撮られたことも思い出の中に。

ギドンは徴兵で誰もが憧れる、イスラエル軍の中でも超エリートと呼ばれるパイロットコースに徴兵された。私もキブツを去りホテル学校生活を送る中、それからは会う機会も必然的に減ってしまった。それでも、ヨム・キプール戦争の一進一退の状況の厳しい中、彼のことが気になっていた。何度かギドンの操縦する戦闘機がミサイルに撃ち落とされるが幸いにも無傷でイスラエル軍側にパラシュート降下し、すぐにその足で別の戦闘機に乗り撃ち落とされた方面ではない別の方面の攻撃へと向かう。不眠不休の厳しい状況だった。

そんな中、ホテルにギドンの妹のノアから電話があった。受話器を受けて「ハロー」の私の第一声すら無視するかのような彼女の第一声は、

「教えて！　ギドン生きているよね？　無事よね？」

混乱で返答の言葉を一瞬失ったが、すぐに気を取り直して彼女に状況説明を乞う。

状況はこうだった、軍からの連絡ではギドンの操縦する戦闘機がシナイ半島北部でエジプト軍のミサイル攻撃によって撃墜された。友軍機が上空高く昇り落下傘や墜落する機体の視認などを行ったが何の痕跡すら見えない状況だったとのこと。結果的に彼は現時点では生存不明兵士となってしまったのだ。返答の言葉もすぐには出でこず、しばらく沈黙してしまったが、彼女に聞いた。

「何で、私に『ギドンが生きているよね？』と聞くの？」

彼女曰く、常日頃ギドンは〝彼（私）のいうことは常に正しい〟というような話をしていたので、こうして電話を掛けて本当のことを教えてもらいたいのだという。こんなとき『大丈夫だよ』という声掛け以外にどんな言葉を掛けられるというのか？　そして口に出た言葉は、

「これから、そっちへ向かうから、そのとき話そう」

と逃げの言葉のようなことを伝えて電話を切った。その足で、すぐに私はキリヤット・ティボンへと向かった。

戦争中、ホテルは閉店営業と同じ、毎夜立ち寄る軍将校に無料で一泊の床を与えていた。初めはホテル責任者の許可なく己の一存で宿泊費を取らずに泊めて、翌日にはその結果報告のみ。ホテル側もそれを認めてくれていた。

戦争中は兵士の移動なども多いため、一般車両もヒッチハイクする一般人にも止まって乗せてくれる、そんな状況がそここに見られる戦争下での風景だった。

キリヤット・ティボンのギドンの実家には午後4～5時頃着いた。キブツの里親のサラも心配してやって来ていた。部屋には近くの空軍基地からギドンを知るF4戦闘機のパイロットやナビゲーターの多くが作戦行動で時間のない中を調整して心配する家族を元気づけるために、ひっきりなしに出入りする光景。そして近所の人たち。途切れることのない人の流れ。パイロットたちと同席しているとき、一人のパイロットがクールな表現というべきか、それとも心配りの足りない表現というべきか、

「上空に昇り円を描くように飛んで下方を探してみたが、何の痕跡も見られなかった。楽

観出来ない状態だ」

と冷たい言葉。そのとき、私の中で何かが弾けたかのように言葉が流れ始めた。それはあたかも、無意識に口が語り始めるかの様相だった。

「大丈夫、ギドンは生きている。腕に負傷はしているが、重傷ではないので安心を。過ぎ越し祭りの後には戦争は終わるだろう。小雨の降る木曜日に、元気でキリヤット・ティボンから遠くない空軍基地にヘリから降りて帰ってくるよ！」

と頭の中で、映像でなく言葉として堰を切ったかのように私の意思に関係なく言葉がついて出てくる。なぜか黙って周りの人は私の言葉に聞き入る。母親のエステルや妹になぜか希望の光にも似た穏やかな顔が映えた。そのときは、生死不明、休戦・終戦、捕虜交換などと言った状況は何一つなく考えすら浮かばなかったにも拘わらず。

その夜はキブツに一泊して翌日ホテル学校へ戻る予定だったので、里親のサラと共に空軍基地に戻るパイロットの車に同乗し送ってもらうことになった。他のパイロットたちも我々が同乗する車を追尾し一緒にキブツまで送ってくれる。キブツに着き彼らと別れるときに、一人の見知らぬパイロットが、

「君に会うまでは、正直に言って状況を楽観的には見てはなかったのが現実だが、君の話

を聞いている内に、なんだかそうなんだと思えて来て、今は、君の言ったこと全てを信じているよ。ありがとう」

と言ってハグしてきた。それに続いて他のパイロットたちも同様にハグしてから別れた。

そして、過ぎ越しの祭り後に休戦となり、最初に捕虜兵士名簿の公表があった、その中にギドンの名前が！　キリヤット・ティボンの彼の実家の近所の人々の一部は私の言葉を思い出したのか近所の上空にヘリの音が響くと、皆が屋外に飛び出て上空に目をやるという現象までが発生した。帰って来た彼は、腕を負傷してはいたが元気だった。その日は木曜日ではなかったが（捕虜となった将校のパイロットたちは、捕虜交換が無事に終了するまでの間、人質として残されて、さらにエジプト側は好印象を与えるためなのかカイロ市内の観光を行ったとか）、彼が、どのような悲惨な経験を通って来たかは誰にも計り知れない。ギドンは後にブラジル系ユダヤ人の娘と結婚し、宗教世界に回帰し〝空飛ぶラビ〟と言われるまでに。

さらに息子の一人はウィーンのユダヤ教神学校講師として勤めていた。その彼がエルサレムの神学校時代に共に学んだ一人が後にラビとして日本にやって来る。そのラビ、ベンヤミン・エルディは来日し何の伝手もないところから今日まで日本で宗教活動を続けている（彼のことは後で別途記載している）。

想い出曲：He ain't heavy he's my brother　The Hollies

想い出曲：כשאת עצובה　עמיר בניון

遠目で見てビビッと来た　O・A・K

彼女を初めて見たのは、ホテル学校の学生食堂の中だった。彼女は軍服を着ていて、姿勢良く颯爽と歩く姿に遠目ながらなぜかくぎづけにされた。そして、そのとき何となく分かっていた。彼女といつか一緒に時を過ごすであろう、そんな情景を描いた自分。

彼女は北部方面の機甲化部隊長直属の秘書で、10月戦争終了後に除隊し、ホテル学校のフロントスタッフコースに入学。当然ながら夜間にナイト・オーディット実務教育があるので、私には彼女と話す機会が必然的にあるので、彼女をよく知るきっかけとしては充分な時間を取れた。彼女は物事をはっきりと言うタイプで、その中には結婚を決めていた彼氏と土壇場での婚約破棄の話まで出てきた。

ある日、私がいつも通りに少し早めにホテルのフロント入りをしたら、彼女は午後のシフトで、なんとなくの日常会話。彼女は、明日は朝のシフトとの話、何気なく「夜中に家に帰るより、私の所に泊まって休んだら」と提案。別に深い意味はない。実際の所、明日の朝に彼女が起きてホテルに来てから、私が仕事を終え家へ戻るので、何ら問題はないと思えた。この日から、こうした彼女の泊りが何回かあった。

そして、これがきっかけで彼女は部屋を出る前に私宛のメモを残すことが始まり、そして私もそのメモへの返事を書き留めることが始まって、それ専用のノートを用意して交換日記らしき二人のやり取りが始まった。

ある日の朝、家に帰ると彼女がベッドの中でぐっすり寝ている。彼女のシフトは分からなかったので、そっと起こすと今日は午後のシフトとの話。そう昨夜は家に帰らず私の家へ。部屋はこざっぱりと片付き整頓されていた。疲れていた私は彼女が眠るベッドの横に何らの抵抗感もなく潜り込んだ。彼女にも別段拒否する動きもなかったので、そのまま彼女の横に身を横たえた。そして……。

その日から彼女との同居生活が始まった。シフトの関係ですれ違いもときには生じるのだが、二人の交換日記が二人を繋いでくれていた。この交換日記は、二人の関係を彼女が父親に話したが彼の反対にあいやむなく別れることになるまでの間、ずっと続いた。

後日、なぜに私が彼女との結婚に反対されたとき、説得にも努めずに別れるということに決めたのか責められた。彼女は私と共に歩むことを求めてくれていたのだが、私はそんな彼女の気持ちに応えず裏切りの別れを選んだのだ。そのときには返す言葉もなかった。

そう彼女から責められたのは、すでに別れてから30年以上の年月が二人に通り過ぎて行った後に、必死で探し求めた私がやっとのことで彼女の所在を確認し、再びメール等のやり取りを始めてからの話だった。こうした長い年月の月日の間にも二人の当時の交換日記は彼女の手元で丁寧に保管されていた。

彼女曰く、結婚後のつらい日々や悲しい日々のときには、その都度交換日記を読み返しては元気をもらって、がんばり過ごしてきたのだと言ってくれた。彼女は現在の夫を捨てても私との生活をイスラエルで夢見ていたようだったが、私にはこの彼ら二人の結婚生活を壊してまでの盲目的愛情に身を置く決心はやはり出来なかった。

後日、交換日記を全て写真に撮りメールで転送してくれた。そして再会してから1年と少し後の2020年、彼女は住んでいたアメリカでがんの病で亡くなりアリゾナに埋葬された。

二人だけの思い出の中にしか、何らかの安らぎを求められなかった、そんな彼女にいつ

れば彼女は許してくれるのだろうか。私は何と謝の日かあの世で出会ったときに、

余談だが、私がロンドンに就労滞在していた頃の8月のある日、バスで家に向かっているときに、二階建てバスの二階車上から、目抜き通りであり大勢の人々が行き交うオックスフォード通りを歩く彼女と私と別れた後に彼女が結婚した男性と共に歩く二人の姿を偶然にも視界に捉えた。慌ててバスから飛び降りて彼女を見つけるべく辺りを探しては見たがすでに遅く、二人の姿を見つけられなかった。確かに、その時期に彼女と旦那さんはロンドンに旅行に出掛けていたと後日話してくれたので、私の見たのは確かに二人の姿だったのだ。

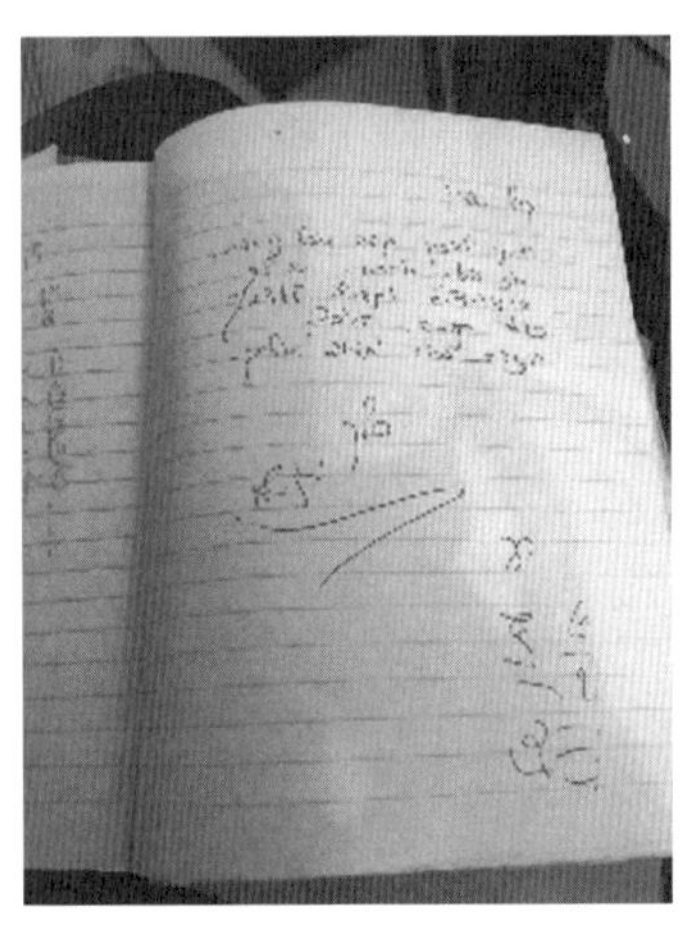

彼女との交換日記　左写真は彼女のメモ　右写真は私のメモ

想い出曲：Jesse　Janis Ian

オフェル・P

オフェルはO・A・Kと同じホテル学校の同級生で、よく三人でホテル学校近くの海岸に出かけては時間を過ごした間柄で、何かと気が合う仲間だった。彼とも私の一方的な事情から疎遠になってはいたが、イスラエルに戻り三年前にフェイスブックを開設してから、ようやく彼を見つけ出しコンタクトを取れて再会を果たした。

その彼がO・A・Kとの連絡を維持していたのも何かの因縁めいた事実だった。二人の間に入ってくれて、30年以上を経て、彼女との再会を果たせたのだった。O・A・Kと連絡が取れてから、彼女は今の旦那さんと別れて私の所へ（イスラエル在住）すぐにでもアメリカを離れる覚悟らしいと彼が言って来た。

当然ながら、彼女の結婚生活を壊す意識も持病を抱える旦那さんへの嫌がらせの意図もなく、静かに再会を果たせたらと願うだけだった。そんな私の気持ちも理解し、何かと彼女との間を取り持ってくれた私にとっての大切な人物だ。

都倉栄二大使公邸での執事業務

ある日の朝、タドモール・ホテルに日本大使館から私宛の電話があった。内容は大使館に出向いて欲しいという話だった。当時の日本大使館は、テル・アビブ市内のハビマ劇場の近くに位置するフーベルマン通りに構えていた。

大使館に入館すると、すぐに当時の大使である都倉大使の夫人が待っており、私との面談を行う。当時は日本大使館でヘブライ語の会話、読み書きができるスタッフはいなかった時代。大使公邸でヘブライ語を話し、読み書きができ大使の執事的業務ができる人材を探していると久子大使夫人から説明された。

当時の私は、ホテル学校のタドモール・ホテルでの実習講師の仕事をしながらテクニオン工科大学の校外課程のホテル経営学を学んでおり、その上に更なる大使公邸での仕事は当然無理であろうと考えたのだが、なぜか大使夫人には好印象を与えたようであったのか、一応履歴書の提出を求められた（本邦での親族を含めての身辺調査確認が必要なので）。

その場で履歴を書いて提出。その後、連絡があり身元確認を終えたので再度の大使館への出頭を促され、結局仕事を引き受けることとなった。

ホテル学校同様に、ヘルツェリアピトゥアの街にある大使公邸内に住み込み、仕事はヘブライ語を話す必要性に応じて案件の処理と大使の身の回りの世話をすること。実際のところは奥様、現地人コック、親戚筋に当たり大使ご夫妻のお世話をする女性の法子さんたちがおり、私はあまり役立たなかったかも知れない。日本人がキブツなどで問題を起こしイスラエル外務省経由で何らかの事案が持ち込まれない限りは。公邸を訪れるイスラエル人への対応やイスラエル外務省からの連絡に基づく事案の対応でキブツなどへと出向き日本人当事者と面談し、その状況報告することなどが主たる業務であった。

問題を起こした日本人の場合は、急に慣れていない環境に身を置くことになって、且つ言葉による意思疎通も叶わず結果的に不可解な行動を起こす事案が特に多かった。結局のところ、一時的な「心の病」と言っても過言でなく、結果として話し合い本邦への帰国を促して解決する。帰国後に家族から何の異常も（精神的な）見られないのになぜに帰国を促したのだとのクレームもときどきあった。まあ、家族のもとへ戻れば安堵感から本来の精神状態に戻り、当人も過去の精神的不安定な状況を忘れてしまう結果で、そのようなクレームになったと考えられる。もし、無理して滞在させれば他人に危害を加えたり、自分自身を傷つけたり（自殺を含め）、それを考えれば多少酷な対応も仕方がないと考えていた。

大使ご夫妻と法子さんたちには何かと可愛がられた、特に久子大使夫人には長年食べる機会のなかった日本食を食べさせてもらったりした。あるとき、奥様に、

「何か食べたい日本食ある？」

と聞かれ、『きんぴらごぼう』と即答。当然ながらイスラエルではごぼうは栽培しておらず、日本から取り寄せることに。でも奥様はこの約束を守って実行してくれた、多分2～3ヶ月後だったと思うが、何年も食べていなかった〝お袋を思い出すきんぴらごぼう〟を満喫させて頂いた。多分、お二人の息子さんが傍にいない、そんな寂しさからか私には格段の優しさで接してくれたのだろう。大使とも帰宅後に庭のデッキチェアに座り、ビールを飲みながらお互いの昔話を交わしたものだった。

大使公邸の仕事、ホテル学校ホテル・タドモールでの夜中の実務講師業務、そしてホテル経営学を学ぶテクニオン工科大学での校外講座の勉強と、時間的には多々きつかったが充実した日々だったと確信できる。

ご夫妻がイスラエルでの任期を終え、次の任地であるハンガリーのブタペストに移る際は、同行するように声を掛けてくれた。そして、ハンガリーの後に、スイスのローザンヌのホテル学校へ行けるよう助力するからとまで言って頂いた。しかし、私はイスラエルでの生活にどっぷりと浸り、すでにイスラエルは私にとっての第二の故郷になっており、残念ながら私はイスラエルに残り、そして彼らは次の任地ブタペストへと向かったのだった。

都倉大使と久子大使夫人は、すでにお亡くなりになっており、再びお会いする機会もないままのお別れが残念で仕方がない。何かと私のことを弟のように心配してくれていた法子さんも今はどうしているのだろうか？　元気でいて欲しい、そしていつの日か当時の思い出話を語り過ごす時間が出来たらと思っている。

想い出曲：Tears in Heaven　Eric Clapton

V・E　彼女の娘は私の娘？

彼女はモロッコに両親を残し姉と二人でイスラエルに移民してきた。彼女の姉がホテル学校に入って来た関係で、彼女が当時私の住んでいた家まで何度か押しかけて来て知り合うこととなってしまった。

今どきの女の子、一回り以上も年が離れた二十歳代の女性との付き合いは正直簡単ではなく大変だったが、前述のO・A・Kとの別れの後の心に開いた穴の寂しさもあったのか、いつしか彼女が私の家に住み着いていたことも自然と受け入れていた。彼女にとっても私のところへ転がり込んだのも彼女にとっては救いみたいなものだったかも知れない。

V・Eとの始まりはそんな世代ギャップを抱えた感じの生活の始まりだった。一人ぼっちの私と、姉と二人の彼女との間には、似た者同士がお互いを癒しあう状態が垣間見られると思っていたが、結果的には、いつしか二人だけの世界が出来上がっていた。

キブツ・サリドにも休みのときに二人で出掛けて、里親のサラにも彼女を紹介した。

彼女も家の近くのスーパーにレジの仕事を見つけて勤め始めた。出会った初めの頃は、何の仕事もせずにいたので、たびたび仕事を探すようにと話してはみた。しかし、特に生活費の面での負担が大きかった訳でもなかったので、あまり勧めることはしなかったが、若くて健康な人間が何の職業にも就かず、漫然と日々を過ごすのはいけないとは何度か伝えた。私自身年端の行かない頃から、自分なりに働くことで糧を得て来たことが理由であろう。特に彼女は年相応に遊びや派手な生活を求める様子もなく、常にどちらかというと二人の世界の中で生活していた。

そんな頃、今後のことを考える日々の中で、イギリスでのホテル業務を経験するという考えが湧き上がった。彼女と別れてイギリスへ行くことを決めた頃のある日、彼女から衝撃的な話を聞いた。彼女の妊娠だ。言葉を失った、なぜにこうも大事なことが一挙に私の前に。

正直、とても苦しかった決断だが、彼女にはイギリスのホテルへの就業で渡ること、あまり連絡は頻繁に取れないこと、ましてや今子供を授かり認知し育てられる環境ではないと、苦しみながらその旨を伝えた。彼女は、狼狽も、怒りや悲しみも見せずに静かに話を聞いてくれた。そして、追い打ちの私の冷酷な言葉。

「許して欲しい。子供を産んでも育てられないから堕ろして欲しい。ロンドンに着いたら委任状を送るから、それを持って銀行に行って好きなようにお金を使って。本当にごめん」

これが、彼女とこの時交わした二人の最後の会話だった。

その後、5年以上もの歳月、彼女へは何の連絡もしなかった。単に姿を消してしまったような私の冷淡さを「人でなし」と責められても仕方のない行いだった。

彼女はこの歳月の間にたびたびキブツ・サリドのサラのもとへ訪れたり、彼女と手紙のやりとりをしていた。さらには日本の私の母の所へも手紙を送っていた。そして、そうした間にも彼女から一度も子供の話、堕胎の話は実母にもサラへも手紙などのどこにもなかった。私は、ただただ、ロンドン市内で自分の生活に必死で、月日だけが過ぎていった。

1988年に日本へ戻ってから、そこで初めて彼女との連絡が復活した。彼女からの日本の母への手紙から、私がロンドンへと彼女の元を去ってからしばらくして、彼女はお父さんの紹介で遠い親戚筋に当たるユダヤ系ギリシャ人と結婚しアテネに移ったとの報告が書かれていた。たびたび、母の所にアテネからの手紙があった。そのアテネの住所を基に手紙のやり取りを始めた。

そして、当時従事していた旅行現地手配業務の合間に、アテネへとドイツから飛んで彼女とアテネ市内のホテルで会うことになった。ドイツでなぜだか理由も分からず街のおもちゃ屋で木製の幼女が嬉しがりそうな可愛い玩具を手に入れていた。それを手にホテルのロビーで彼女を待った。そして、しばらくして彼女は女の子を連れてやって来た!! 彼女とお互い挨拶の頬へのキスを交わし、向かい合ってソファに座った。

すると彼女の手を握っていた娘が私の座る所へやって来て、何も言わずに私の膝の上に座った。不思議な心の揺れを覚える中で持って来た木の玩具を渡すと、彼女はそれを手に取って私の膝の上で遊び始めた。何かが起こっていた。彼女に、

「この子は？　あのときの？」

と聞けなかった。彼女自身どこか東洋人を思い起こす眼を持つ人だったので、その幼い女の子も似たような東洋的な眼や顔立ちの雰囲気が見て取れる。まるで日本人？　私と似ている？？　あのときの子？？　でも、それらの問いが彼女に向かって口を衝いて出ることはなかった。言い知れぬある種の怖さだった。

身近に東洋人などを眼にする環境で育っている訳でもない子供は、基本的にほとんどある種の怖さを覚え、日本人には寄り付かないのが至極自然な反応だ。日本人の子供が欧米人やアフリカ人に反応することと何ら変わりないのだ。だがこの子は、何の違和感もなく私の膝の上に座り玩具で遊ぶ。恐れている事実が何であれ、そのときに自分が向き合う現実にどう対応すべきかその術を見失ってしまっていた。これが、この子との今日までの最初で最後の出会いだった。

後日、彼女は離婚しイスラエルへ戻るとの手紙をもらった。何度かいろいろな伝手を使って彼女を探したのだが、イスラエルへと帰国した事実は見つけられなかった。

今の私の大きな宿題は、再度彼女を探しあの娘が私のあのときの子かはっきりさせることだと思う。V・Eの姉ダニエラを探しだすこととか、あるいは当時、老齢を迎えたはずの親もとへ世話のためにモロッコへ戻ったのかも。あの日の不甲斐のなく、臆病者の自分に明確な結論を付けなければ一生後悔を抱える葛藤の生活で、人生を終えることになってしまうのだろうか……。

出来る限り早くにモロッコへ飛ぼうと思ってはいる。そして、結果としてあの娘が私の娘かあるいは違うかなどとは関係なく自分に課せられた責任を果たさなければ悔いは残るだろう。いつまでも。

想い出曲：ハナミズキ　一青窈

想い出曲：Just the Way You Are　Billy Joel

イギリス入国・労働許可証

イギリスで就労するには、原則として事前に労働許可証なるものを自国で申請し取得しなければならない（申請者が自国で申請し、且つ自国での受領が原則）。まず、ロンドンに渡りホテル人事担当者やフロントデスクの責任者たちと面談した後で、労働許可の申請をホテル側が行い、受理されて連絡が入るまで待機するのだ。

そんな関係で、私はパリに渡りキブツの次兄エルダッドとマリアンヌの自宅（パリの高級住宅地）に居候し、ブラブラとパリ散策をしながら許可証受領の知らせを待つことになる。通常は1ヶ月以上掛かるのだが、2、3週間ほどの待機時間で受領の連絡を受け取った（多分ザ・チャーチル・ホテル役員の法務局への働き掛けがあったと後に聞いたが、真偽のほどは不明）。早速にロンドンへ戻ることにする。

ヒースロー空港に到着し、足早に入国検査場へ。パスポートを係官に渡す、係官を見つめるように真っすぐ私の顔を係官の方へと向ける。そのとき、係官の"I've got him!"の小声がなぜか彼の口から微かに漏れる。私にとっては「?」の問いかけ。幾つかの係官との基本的やり取り。係官の疑問点は、私の1ヶ月足らずの間でのロンドンの出入りが不思議だったらしい。もっと詳しく尋問するため、私は荷物をターンテーブルへ送り出す前の集積所へ引き取りに向かい、そのまま別室へ。

80年代はヨーロッパで頻繁にパレスチナのテロ活動、ドイツやイタリアの極左過激派グループさらには日本の赤軍派と呼ぶ過激左翼のテロ活動が活発な時代背景があったので、かの係官は私をそうした連中と早計にも関連付けたかのようだった。正直な話、労働許可証を見せれば一発で無罪放免は確実だとは思うが、なぜかそのとき労働許可証のことをあえて伏せてみた。意地悪にも、このテロリストの一人を拘束したと一人で勝手に思い込んでいるような昂揚気分の係官の動静を見てみたくなったのも多少あった。

しかし、これは少し私の方が高を括っていた。ある意味の経験としてはそれなりの事案だったかも知れないが、少々状況を見くびっていたというのが本当だ。荷物を引き取り、係官の後に続き空港ビル内を歩きまわり、最終的にある一室に案内される。部屋に入って、待っていると男性2人女性1人の私服の人物が入室する。かの係官は満足げにそこから退室する。彼ら3名はスコットランドヤードの警察官で、女性は速記記述の担当者で後の2名が尋問を始める。テレビドラマや映画で見られる〝厳しい刑事と優しい刑事〟の役割分担らしい。尋問内容はちょっと時間を置いてからもう一度同じ質問を繰り返す安易なトリックだ。わざと違った回答をすると、速記の女性が手にする鉛筆をテーブル上でトントンとして合図のサインを送る。すると尋問官の〝怖い刑事〟役が問い詰めてくる。荷物やポケットの物は全て検査される、ヘブライ語の証書もあり、それは何語かあまり認識のない尋問官たちには更なる懸念の材料となるようだった。手帳に記載されていたロンドン滞在時の記述は、全て裏を取るようだった。電話番号や電話と書いてあれば確認の電話が別室でされている様子だった。

そうした中で、ようやくザ・チャーチルの総支配人の電話番号までに辿り着く。初めて総支配人から労働許可の件やホテル側が私の到着を待っているので、すぐに解放するようにとの抗議。最後に隠し持っていた労働許可証を提示すると、

「我々の貴重な時間を無駄にしてくれた」

と私への悪態。私も、

「私の時間はどうなるんですか？」

と不遜な返し文句。〝優しい刑事〟役が「まあ、まあ」と事を荒げないように示唆するかのような顔つき。分かりましたと引き下がり、その場を支障なく去ることに集中した。

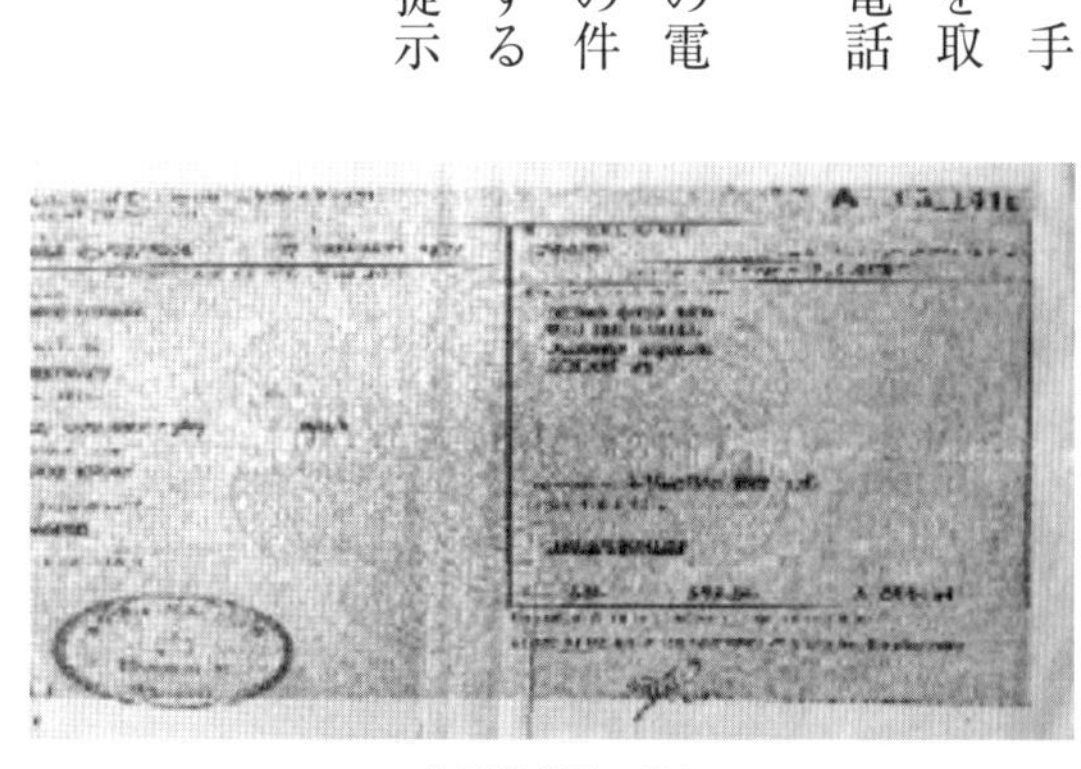

英国労働許可証

ホテル勤務　ザ・チャーチル・ホテルとグロブナー・ハウス・ホテル

イギリスのみならず世界的に有名な二か所のヘッド・ナイト・オーディターとして足掛け4年ほどロンドンで働いた経験は、貴重な経験と人間観察の場の機会を与えてくれたといえる。ロンドンは、その気候はともかく、エンターテインメント、博物館、美術館、ショッピング、常に近場にある公園と満喫する場には事足らない。食事は？　そう世界中の料理を味わえるレストランは数多く充分に満足できる。日本食も同様だ。

当時、従来のＮＣＲ製キャッシュ・レジスターのかわりにホテル内のコンピュータ化が進む段階であった。新たにコンピュータの導入に伴い、フロントの会計担当者たちも比較的長い日数を費やし順次新しい機器の講習を受ける。

残念ながら、夜の会計責任者でもあった私には、脅威の2時間ほどの講習のみで新しい機器による運営へとなった。まあ、昼間の会計担当者たちがしっかりとした仕事をすれば、ナイト・オーディターの仕事は楽で軽減されるとでも、フロント責任者たちは血迷ってでもいたのだろうか。ナイト・オーディターは誰よりも新たなシステムを熟知していなければならない立場であるのに。認識の違いか？

そんな中で新たなシステムが稼働することに。そして、稼働後のクリスマス・イヴの夜、私が仕事に入ると、会計のチャージ等全ての会計作業がストップ状態のまま。バー、レストランやカフェの請求書の山が新しい機器の脇に山積みの放棄状態。状況を聞くと、会計シフトの誰かの誤った作業により、突然機器が正確な数値を示さなくなり、シフトの責任者が修正を試みたが、状況はさらに悪化するように異常な数値を弾き続ける誤作動。クリスマス・イヴの休日なので数日間修理など何も行われない状況とのこと。新年を迎えるに当たり、このような多くの会計処理が出来ずに滞ることが許されるのだろうか？

フロントの会計スタッフはシフト・リーダーも含め全員が我関せず無関心の様子。何か解決方法があるはずだと、終日のビジネスの流れを記録してあるテープ用紙を一つ一つ指で繰り追いながら用紙を辿る。誰かがこの新しい機器の許容範囲を超える数値を間違って打ち込んだのでその許容外の数値を受け入れてしまった機器は、物理的にあたかも狂ったように異常な数値を弾き出していたのだった。

さらに最悪なことに、それを修正すべく間違って打ち込んだ数値を軽減しようとその数値への修正行為、それがさらに悪化の連鎖の引き金となっていた。この悪循環で誰の手にも負えない状況になってしまったというのが私の見解だった。そこで、今一度考えを集中させてイスラエル式逆転の発想に思考を巡らせる。そして至極単純な回答に辿り着いた。〝もし、機器が許容範囲の数値を打ち込まれて狂ったのなら、もう一度この危機を狂わせれば元に戻るのでは？〟

そして、そうすべく許容範囲を超える数値をめくら滅法にキーボードで打ち込んでみた。すると、驚くことに、狙い通りの異常動作で本来の元の作動に復帰する兆し、後は間違って行った細かな修正作業を一つ一つ修正していく辛抱の時間のみ。こうして、翌日のクリスマスまでには完全に業務復帰できる状態に。このことで、通り一辺倒の思考回路で解決策を求めた人々も含めて、私への評価は上がった。あたかも天才のように。

後日、ホテル運営の経理の総責任者までもが、私に会いに来てお褒めの言葉を頂いた。そのたびにイスラエルのホテル学校で学んだ逆転の発想が役にたったのです、と自慢した。〝逆転の発想〟は、本当は学校で学んだことではく、イスラエル人の間に溢れる思考回路の一部なだけで、それを自分ながらに学んでいたということだけなのだ。

当時の給与は現金の週給制であった、チップ収入が週給を超えるのは当たり前に起こる状態だった。特に当時の石油産油国の金持ちが投資や遊びにイギリスにやって来る時代。

よくホテルには産油国から来る観光客（男はカジノへ、女性や子供はショッピングという図式が通例だった）の出入りが盛んであった。

多くのこうしたアラブ産油国の人の中には、驚くほどチェックイン時に英語記入に苦労する光景が見られた。そのたびに少しでも記入を手伝いアラビア語を使ったりすると、それからは毎日のように私の元へ夜遅くカジノ帰りに立ち寄りお金をセーフに入れる。勝った日は、結構な金額のチップをくれる。チップに与かろうと勝った風情が読み取れると入り口付近に群がるベル・ボーイやドアマン、そんな中でも軽いアラビア語での会話も交えながらセーフの管理をしている私が一番多くチップをもらっていたと自信を持って言える。

当時、チェックアウト時にフロントにある電話カウンターの数値（電話をした回数）に電話の基本単価を掛けてお客様に請求する。そして支払いを頂くシステムになっていた。

ある日の朝、ナイトシフトを終え一緒に帰る友達と待ち合わせをするために、帰りを遅らせてフロント内でウロウロしていたら、アラブ人のお客様がチェックアウトのために会計の所にやって来た。相手をしたのはアラブ人の男性スタッフ。そして、彼はフロントの裏手にある電話カウンターに目をやる。そして数値を0のクリア状態に設定してからお客様の所へ。

「お客様、結構電話使いましたね。海外通話ですね？」

の問いに宿泊客は、

「確かに、毎日家と会社に連絡入れていたからね」

と返答。

「どうでしょう、カウンターの半額分だけ私に支払って頂ければ、残りの半分の分も含めた全ての電話カウンターを0にして目を瞑りますが、どう致しますか？」

「え……？」

私は、耳を疑った。彼は私がアラビア語を少し理解するとの認識がなかったようだ。当然のことだがお客様は彼のオファーを受けいれて、言われた電話代合計の半分のみを彼に手渡す。これに似た不正の状況には何度か遭遇した。それらを全て曝け出しても状況はきっと変わらないだろう。

多分、自分はこうした外国人労働者を責める立場ではないのだろうが、この仕事へのあこがれ感は激減したと思う。後に日本へ戻ってもホテル業界へは目が向かなかったのもこんな幻滅感が残っていたからかも知れない。

想い出曲：If I can't have you　Yvonne Elliman

ペルージャ外国人大学イタリア語学校生活

イタリアの大学に留学するには、当然ながらイタリア語の習得は必須で、さらにイタリア語の能力試験に合格しなければならないが、国立のペルージャの外国人大学か私立のゲーテ・インスティテュートで上級コース終了証書を取れば、試験を免除され門戸が開かれる。こうして、特に夏季には休みを利用した多くの外国人がここペルージャにやって来る。ペルージャはイタリア国土の中心に当たるウンブリア地方に位置する（Cuore de Italia）。

私がペルージャ滞在中の二年間は、ちょうどイラン・イラク戦争の時期で、兵役を逃れ留学

ミラノ
ベネチア
フィレンツェ
ペルージャ
ローマ
ナポリ

ペルージャの位置
（イタリアの心臓部・中心）

ペルージャ外国人大学

口実の両国の若者が数多く見られた。多くは本当の意味での勉学留学ではなく遊学の世界にいる、そんな風に見て取れる状況が多々見られた。そして、ときには戦争から逃れてきたイランとイラクの学生同士が学生食堂（メンザ）で政治的口論に発展し、そしてときには、スパゲッティやマカロニが学食の空間を飛び交う乱闘騒ぎ。

「そんなに元気なら、自国に帰りお互い戦場で戦えば？」

とつまらぬ言葉が口に出てきてしまう。学生として受け入れてくれた国イタリアに対しても、大変失礼ではないだろうか。昨今の日本にも海外から来た学生や就労者に受け入れてくれる国への敬いの心情が見えず、ただ己の言い分だけ声を上げ手を上げる人が残念ながら多すぎるのでは？

学校生活：昼食のワインと昼下がりの授業での睡魔

午後からのキュウキュウ教授の授業時、昼食で飲んだ小瓶の赤ワインと窓から差し込む日差しの影響か緩やかに睡魔が襲ってくる。「集中、集中」と自分に言い聞かせるも至難の技。そんなときに限って教授が質問を上げ、その答えを何人かに求めるのだが、初っ端に私を指名。〝唖然、茫然？！！？〟質問自体の理解も睡魔の中へ、何とか頑張って回答すると、想定外の教授のお褒めの言葉。

「この手の質問は、スイス人か日本人にしか回答を求めないようにしている。なぜかって？ それは、彼らは予習・復習を毎日のように行い勉強しにここへ来ているということだよ。

この教室内のほとんどの学生が単に席に座り、毎日の勉強の努力をせずバカンスもどきの生活を求めているから、質問しても正解はなく時間の無駄になってしまうからね」

なんとか日本人の面子を保てた。

このコース中、何人かの日本人と知り合う機会を得たのも大きな収穫と言えるだろう。全員が社会人で、その仕事あるいは個人的興味でイタリア語を学ぶ目的を持った人々で、話していいても楽しい人たちだった。

想い出曲：Che vuole questa musica stasera　Peppino Gagliardi

大家のフラテジァニ夫妻（Fam.Frattegiani）とペルージャ大学医学部部長教授

ペルージャで見つけた下宿先（San Galigano）は一戸建ての住宅に4部屋からなる物件で、共同キッチン、トイレ、浴室、リビングに分かれていて、浴室の裏側には小川が流れており、季節の折には蛍の光が空を舞う景色に出会える静かなところ。

住居の前は、ペルージャ中心部を巡る市営バスが通る道路で、外国人大学へ向かうにも利便性が良く、イタリア人やペルージャ大学で学ぶ学生たちも多く下宿先として人気の場所だ。下宿の大家夫人は、私が日本人だということだけで、電話した時点ですぐに即決してくれた。

下宿先には、ペルージャ大学の医学部学生と外国人大学でイタリア語を学ぶイラン人と私。ときどき、材料を持ち寄り、皆で料理を作り一緒に食べることもあり、イタリア語を話す機会や勉強用にとゴシップ雑誌などをもらったりした。イタリア人の医学部学生によると、堅苦しい本を読むより、ある程度聞いたり見たりして知っているゴシップ雑誌の方が写真からの意味の読み取りも可能で興味も湧くし、文面を理解したように感じ、「理解できた」という錯覚に陥り、それが学ぶ気力の向上を促すと聞かされた。後日、実際に教室でのキュウキュウ先生との会話時にゴシップ雑誌で学んだ動詞を使ったら、先生にその単語をどこで勉強したのかと逆に尋ねられ、何か「ヤッター」、そんな気分の昂揚を覚えた。仲良く時間の共有が出来て楽しい下宿生活を送れた。

この2年間のペルージャ滞在中の1年目が過ぎた頃に、疲れと倦怠感を体に覚え耐えきれなくなり、何か病気かなとの不安な思いから大家（奥さんの方）に相談したら、何と彼女はペルージャの大学病院の元看護婦で医学部部長を知っているので予約を取ってくれることになった。イタリアの保険に加入しているわけでもないので（海外障害保険は加入してあった）きっと高い料金を払うことになりそうだなと思いながらも、予約を入れてもらった当日にペルージャ大学病院に向かった。

後で知ることになったのだが、この問診の機会をくれた医師は、ペルージャ大学医学部部長教授で、この機会だからいろいろと体の検査をしようと言って看護婦に手続きを指示してくれた。そして当日は終日に亘り各種の検査が他の医師たちによって行われ、夕方疲れ切って下宿先へ戻った。

後日、検査結果を聞くために再び大学病院へと向かった。医学部部長教授の説明では結果的には特に危惧する症状はないが、栄養失調の症状が見られるので、しばらく定期的にビタミン注射を受けるよう説明された。フラテジァンニ夫人（大家夫人）に連絡しておくから、毎朝大家の家に行き夫人からビタミン注射を受けるようにと教授から指示された。その後、少しの雑談の後で診察料の支払いを尋ねると、笑顔の中に少しばかり怖い眼をしてこう言われた。

「君は学生だ。私への診察料や検査代を払うお金があるのなら、そのお金をイタリア語の勉強のために本を買うなどのことに使いなさい。君は知らないだろうが、私に診察してもらいたくてイタリア中から多くの人が問い合わせて来るんだよ。君はラッキーにも私の下で働いた経験のある元看護婦長の家に下宿していて、彼女の願いで私も君への時間を作った。お礼を言うなら私にではなく彼女にだよ。それに、本当に請求したら相当高い金額になるよ。それほど、結構私は有名な医者だっていうことだよ」

と言って大声で笑った。結局頑として診察料の受け取りを拒んだ。

下宿先に戻りこの診察料に関わるやり取りをフラテジァンニ夫人に話し、どうしたものか相談した。夫人も笑いながら、

「教授が診察料はいらないと言うのだから、それに甘えなさい」

と言う。しかし、私の気持ちがそれでは収まらない。お金の心配がある訳ではないので、何らかの形でもお礼の気持ちを渡したいと訴えた。結局、お礼として何かの品物を渡すことに決めて銀製品のティーセットを買って渡すこととした。

翌日、教授を尋ね大学病院に向かった。私がお礼に伺うことはフラテジァンニ夫人からすでに伝わっており、教授にはすぐに会うことが出来た。教授を前にお礼の言葉と共にティーセットを渡すと、教授は顔をしかめ渋々ながらも受け取ってくれた。

「フラテジァンニ夫人から聞いた。君の気持ちは確かにもらうこととした。そこで、このお礼の品のお礼に私の方からも」

と言いながら多くのチョコレートのバスケット盛りを私の方へ差し出して来た。ペルージャには、ペルジーナと呼ばれる地元の銘菓子チョコレートがある。後々、旅行業に従事した折には、イタリアを巡るツアーでは必ずペルジーナ・チョコレートを自腹で買ってはツアー参加者に配ったりした。その結果、帰国の際に空港の免税店などでペルジーナを多く買いあさるツアー参加者を見てきた。当時、まだペルージャは、後にサッカーの中田選手移籍先で知られるまでは、日本人のごく一部の人しか知らぬ都市だった。

どこかペルージャに対して、否イタリアに対して少しの恩返しをしたような少し嬉しい気分だった。

イタリアでの2年ほどの滞在の後に急なある事情によりイタリアを離れる決断を余儀なくされた（その理由については言及できないのでご了承を）。

あまりに急すぎてバタバタの対応になったが、下宿先を引き払う前日にワックスがけも含め念入りに世話になった部屋の掃除をしていたら、後ろでフラテジァンニ夫妻の話声。

「ほら見なさいよ。今までに部屋を引き払うときに彼のように部屋の掃除をして退室した入居者はいた？　日本人だけよ」

「確かに、そうだな。家賃の支払いも問題なく、周りの家に迷惑を掛けない近所への配慮。

ペルージャ市街公園にて

日本人以外にいないよな」

そんな、やり取りをワックス掛けをしながらの背後で聞き、日本人としての自分の行動自体が後に続く日本人への何かの役に立て、日本人の誇りを守った。そんな、日本人に生まれて良かったと勝手なことながら覚えた。

想い出曲：Soli　Adriano Celentano

チュニジア

「私はどこから来たの?」

彼、モハメッドとは、ローマからチュニジアの首都チュニスへ向かう機中で席が隣り合わせで、そこでの会話から始まった。彼はイタリアでの滞在歴が長く、英語を話さずアラビア語、フランス語とイタリア語を話したのでイタリア語でお互いにイタリアの思い出話などを交わした。

私は、チュニス市内のブルギバ大学で行われるアラビア語夏季コースに参加する予定の

旨を伝えた。彼は、

「家族が空港に出迎えに来ているので、その車で市内まで送ってやるから空港で自分を待つように」

と言ってくれた。当日はラマダン（贖罪の断食期間）で、到着予定は夜の10時近くなるのでチュニス市内への交通手段も限られると考えていた。大学で夏季コースの参加手続きを終えたらコース参加者用寄宿舎に入所するまでの数日を市内の安ホテルに滞在する予定だったので彼の申し出を快く受けた。

チュニス空港に到着し入国手続きを終え、到着ロビーに出ると、我々の便だけの到着と見えてロビーは比較的閑散としていた。他の乗客たちは出迎えの家族と共にあるいは個々で空港の外へと向かう。当然、私はモハメッドを待つべく空港ロビー内でウロウロと時間を潰す。

そして、いつしか空港ロビー内には何人かの家族と思しき一団と私のみ。モハメッドの家族か確認すべくこの一団に話しかける。理解するまでの時間は要したが、彼らも理由も分からずにただモハメッドが到着ロビーに姿を見せるのを待っている。なす手立てもなく。

やっとのことでモハメッドがその姿を到着ロビーへ現したのは、すでに翌日を迎えてしまい午前一時を間近にした頃、待たされた者への配慮のかけらもなく、彼はニタニタ顔で歩いて来る。何があったのか詳しい理由を聞けば、何とイタリアで旅券を帰国間際に盗まれて警察の盗難届の証明書とチュニジア大使館発行の一時発行の旅券で飛行機に搭乗。当然、入国時に警察と入国管理局での取り調べに時間を取られたとのこと。旅券をイタリア滞在中に闇市場で売却し、虚偽の盗難届を出したのではないかとの嫌疑のために長時間に亘り取り調べられた様子。

事前に、この状況を彼の口から知らされていたなら、彼の申し出に甘えることもなく自力でチュニス市内へ向かったはずだがあとの祭り。彼の家族と共に彼らが住む村へと向かうのだが、迎えの車はピックアップトラック。モハメッドと共に後部の荷台に乗り込み、空港を後にした。

一歩空港を離れると周りは漆黒の闇。何一つ周りで眼にする光景もない闇の中をピックアップトラックの明かりのみで進む。小一時間近く走った頃にようやく村落に到着。彼の祖母が特別に用意して待っていてくれた食事を二人急いで食べて、すぐに床に就く（当時、ラマダン・断食の月であった）。

ローマからの移動、そして空港での無駄な待ち時間浪費で精神的にも疲れてしまい、用意されたベッドに横になるとすぐに睡魔に飲み込まれる。いつか覚えはないが、夜中に目が覚めて暗闇の中周りに眼を凝らして辺りを見渡す。床には4人ほどの小さな子供たちが横たわっている。一部の子供たちは、私にベッドを明け渡した関係でやむなく床に横たわる羽目となったのであろう。たぶん……。

陽が昇る前から周りで何かとゴソゴソ音がしだして、私も否応なしに目が覚めた。早朝からバス路線のないチュニス市内へ仕事で向かう村人のためか薄暗がりの広場に数台のピックアップトラックが見える。何台か待機している中の一台にモハメッドの指示通りに乗り込み、すでに大勢の村人が荷台に座り込む中へ入った。

ピックアップトラックは、チュニス市内の市場の近くのリベルタ大通りに停まるので、そこで降りてブルギバ大学での夏季アラビア語初級コース受講手続きのために大学事務局へと向かうようにと伝えられた。スーツケースや貴重品（旅行小切手）をモハメッドの実家に残し、コース登録に必要最低限の金と食事代のみ、そして旅券だけの身軽な恰好。

まだ、始業あるいは営業時間には時間があったので、市場近くのカフェでコーヒーを飲み一息つく。昨日から何かと慌ただしい日々、見知らぬモハメッドの実家での一夜などで多少の疲れを覚えていた。

そんなとき、ふと違和感を覚える何かが心の隅を横切っていく。〝いつどこで帰りのピックアップトラックに乗るのか？〟を聞くのを忘れてしまっていた!! そもそも、村の名前も住所もモハメッドに聞いていなかった!! お金も、貴重品も見知らぬ場所に置きっぱなし!! 頭の中を駆け巡る滑稽にも見える信じがたい己の失態。

〝どうしたものか？〟の問いが頭から離れない。気の滅入る思いを引きずりながらも、夏季アラビア語初級コースの受講手続きのために大学事務局へ向かう。〝どうしたものか？〟が何度も聞こえて来る。

宿泊する寮への入居手続きも含めた受講手続きを全て終えた後で、事務員の方に私の不明の宿泊場所の問題を事務員の方に説明し、どうしたものかと問う。キョトンとしたあきれ顔の反応がまず初めに見られた。当然だろう。そして、事務員の彼女にも解決策がある訳でなく、まずは警察に相談してみてはとの冷たいアドバイス、そして万が一にも市内での宿泊を余儀なくされた場合にと、ここは優しく一泊分相当ほどのお金を貸してくれた。

すぐに、その足で警察へと向かった。警察でも、やはりキョトンとした反応と共に「何だ、こいつは？」と言った顔と、半ばあきれ顔と共に多分に馬鹿にしたようで、助ける思いやりが大学の事務局の女性スタッフよりも見て取れなかった。万事休す。明日まで様子を見ようとの提案のみで、それでは埒が明かず。お先真っ暗。〝どうしたものか？〟が再度頭を上げる。

重い気分で大学の事務局に近い安宿を見つけて一泊のチェックイン。確かに大学事務局の事務スタッフから頂いた（借りた）お金が大きな助けになった。落ち込んでばかりいると全てに裏目の現実。〝Think as pessimistic but live as optimistic.〟のお題目で街のレストランへ。クスクス、ブリックス、ハリサの辛味。

翌日の起床は、昨日同様に比較的早く目が覚めた。自分が昨日の朝にピックアップトラックを降りた場所へと向かうべく、リベルタ大通りを目指す。もしもそのとき誰かが私の後ろ姿を写真に撮ったとしたら、その肩は丸く、頭は肩に落ち込むように下げ下へ向く、眼は路面を意味なく辿っていたことだろうと想像できる。正に気落ちでトボトボ歩くという表現が全てを物語る重い気分と何の手立ても見いだせない苛立ちの悲壮感。

お昼頃には大学の事務局へ戻り、テレビあるいはラジオで村人へ呼びかける伝手を探るアドバイスや手助けをお願いするしか、今はなんら手立てが見えてこない絶望感。リベルタ大通りに出て、まだ比較的人通りが閑散とした歩道を市場の方向へ（昨日ピックアップトラックを降りた場所へ）トボトボと足を進める。

私の歩く方向に並行して一台のディーゼル路線バスが通り過ぎる。そしてその私の脇を走り抜けるバスの窓から、何人かの人が上半身まで窓から外に出しながら大声で叫ぶ。

「ヤバーニ！　ヤバーニ！（日本人！　日本人！）」

そして、唐突にバスは路上でブレーキを掛け、停まると何人かの一団がバスからバラバラと飛び出て来て、私の方へと全力疾走でやって来る。そのとき、私は単純に日本人あるいは東洋人に対する非友好的な連中の排斥行為なのかと不安に駆られる、やむを得ぬ状況を想定し体に緊張が走る。

しかし、その近づく一団全員の顔は、笑顔であふれていた。彼らは私を囲み、

「良かった！　良かった！」

と言いながら状況を把握できないままの私の体を皆がハグしてくる。何やら頭の中に安堵感が押し寄せて来ていた。物語の結末はある種あっけなくやって来るものらしい。英語を話す若者の話によると、昨夜、村に戻らなかった私を心配しモハメッドと彼の両親が村の長の元へ相談に行き。村長の指示で今朝早くから、チュニス市内のブルギバ大学近郊、市場へと続くリベルタ大通り周辺を村の男連中が仕事を休み探し回っていたのだと教えてくれた。

顔を知らなくても多くの東洋人や日本人が滞在していないチュニス市内で私を見つけ出すのは比較的簡単ではあろうが、それは外を出歩いていたからの話で、もし気落ちでもして宿の部屋に籠っていたら、まだ数日を過ごす羽目になっていたかも知れない。

感謝感激だ。人々の優しさがうれしかった。大学事務局に村の人々に見つけられた旨を伝え、そのまま何人かのバスを降りて来た村人と共に村に戻った。その翌日には、荷物を持って再び大学事務局に戻り、借りたお金を事務スタッフの女性にお礼の言葉と共に返してからその足でコース期間中に滞在する大学の寄宿舎寮へと向かった。

また、新しい毎日の生活が始まる。モハメッドの祖母は、彼らの家から毎日学校へ行けば、食事や洗濯の心配をしなくてもいいから、そうしなさいと言ってくれた。もちろん、下宿代を取るという発想などでなく、本当に親切心からの提案だったのは疑いの余地もないことだ。

アラビア語学習コース

アラビア語コースには、世界中から多くの若者が参加していた。彼らの多くは、多分に夏休みの過ごし方の一端として、毎回夏休みを利用しての短期語学研修コースに参加するヨーロッパ人だろう。コースには何人かの日本人をチラッと見かけた。特に接点もなかったが、トルコで考古学の研究・発掘をしている若い赤松ご夫婦とは比較的仲良く会話を交わして楽しいひとときを過ごさせてもらった。

別の日本人の若者が体調を崩し床に臥せっていたので食事などいろいろと心配し面倒を見てあげたのだが、お礼の一言もなく遊びがてらのコース受講なのかコース途中で去って行った。寄宿舎寮でも何の挨拶の言葉一つなく、私から見れば日本人らしからぬ若者にも遭遇した。人はいろいろと言ってしまえばそれまでのことなのだが。

参加しているコースの教授の家にも招かれて、家族の皆とも知り合いになり、チュニス近郊の観光リゾート地のシディ・ブ・サイドなどに連れて行ってもらったりした。

中心地から少し離れた寄宿舎寮から大学までは毎日バスで通った。寮での食事提供はないので自炊（と言っても各部屋に台所等がある訳でもないのだが）あるいは街に出て食べるしか手立てはなかったが、比較的物価も安く過ごしやすかったが、温かいお湯のない水シャワーは夏場でも早朝にはその水の冷たさに閉口したものだ。

ラマダンの時期に当地サハラ砂漠からの熱波による摂氏50度近くのときに、チュニス市内にウロウロ出歩いたときがあったが、そのときの暑さはまさにオーブンレンジの中に閉じ込められ周りを熱波で覆われた気分だった。犬も木陰で動かずぐったり、街中も人の姿がまばら。そんな日中に一人ほっつき歩く私は寄宿舎寮の友達やスタッフなどの周りの人々にはひどく呆れられていた。

サウジアラビア　イエメンからの出稼ぎ運転手ムハマッド君

日本帰国後の一時期に義兄の大手日本企業・商社の孫請けの受注仕事の手伝いで、サウジ・アラビアの首都リヤドで足掛け2年ほど現地生活をすることになった。知り合いの別の商社が借りている住宅ビルに部屋の間借りをする状況ではあったが、毎日車で現場に向かうのが現場キャンプ地での生活と違いそれなりの地元の生活感が見られ刺激はあった。

当時のサウジでは、車両運転手の職業は１００％近くイエメン人の出稼ぎ労働者（これはサウジ政府の方針）で、義兄が雇った運転手のムハマッド君（24歳）も同様にイエメン人であった。

毎朝、現場へ向かう途中に私と彼でイエメン人が集まるレストランで朝食を取るのが日課となった。彼の話だと、私以前のスタッフは基本的に真っすぐキャンプに入り中の食堂でフィリピン人が用意している日本食を食べるのが定番。その間に運転手のムハマッド君もキャンプ外のイエメン系レストランで朝食を取るのが日課だったそうだが、私は地元の生活に触れたい思いもあり、サウジ滞在時は必ず市内のレストランで朝食を取ると決めていた。

大勢の人で（当然、食事客は男性のみ状態）ざわつく食堂の中に、一人毛色の違う私は異様に目立つ。レストランの中に一歩足を入れて進むと必ずや好奇に満ちた人々の視線を全身に浴びる。そして、いつもの野菜サラダが中心の食事を終え会計にムハマッド君と共に向かうのだが、必ずや私は当然ながら彼も知らない見知らぬ人によって代金は支払われているというレストランのスタッフの話。そして周りを見渡すと必ず支払ってくれた方が手を挙げて合図をしてくれる。そして、私も手を挙げて頭でお礼の会釈。この日課は（誰かが支払ってくれる状況）私が日本への引き上げ時まで続いた。これがアラブの（オ・モ・テ・ナ・シ!!）ホスピタリティであるのだろう。

毎日のキャンプへの道すがら必ず女学校近くの交差点を通るのだが、赤信号で止まるときに交差点や側の通りを黒いベールで顔を覆った女子学生の登校集団が。何の意味も意図もなく何気なくそんな彼女たちへと目を向ける。ベールは透けるように薄く、顔にははっきりと化粧の施された眼がベール越しに見られる。何気ない日常か？　目をそちらにやる。すると、「ピッピ」と笛の音でふと我に戻り、振り返って見ると警官が人差し指を私の方へ向けながら、「駄目だ、駄目だ」のサイン。慌てて目を女生徒たちから逸らす仕草。アラブの国々では1キロ離れた所のテラスから外を眺める人（特におばさんたちに多い）が、外人が無意識で写真などを撮っている状況さえ把握し（見て取る）、あたかもスパイ行為の現場を押さえたかのように警察へと連絡を入れる。単純に街並みを写真に撮っていた邦人が一時警察に拘束されたこともある。そのときも1キロほど離れた所から見ていた老婆の通報からだったそうだ。

毎週木曜日に市庁舎広場の駐車場スペースから車が急になくなると、翌日には何らかの刑罰の執行が予定されているサイン。通常の認識では理解されないような裁判結果には、多分に被害者の心情・感情移入や世間体の体裁を考慮したと思われるような宗教裁判での現実なのだろうか？　鞭での百叩きや窃盗罪への手首切断、極めつけは死刑の断首。〝眼には眼を、歯には歯を〟の刑罰がまだ現実にある世界。首から下を地中に埋められ、一般大衆の手による投石で顔が消滅されるまで行われる一番厳しい刑罰まであると聞いた。驚きの実態は今でも存続する。

ひき逃げで死亡した被害者の家族がひき逃げ犯に求めるのは被害者家族の眼前で同じ車種の車で加害者を轢いての刑執行。まさに〝眼には眼を、歯には歯を〟の世界。滞在中に幾つもの外国人が加害者であった事件のケースの刑罰執行の例を見聞きしてきた。それが単に残酷だと一言で言いきれない実情があることは歪めない。

日本帰国後の起業

チュニジアでの夏季アラビア語コースを終えた後に日本へ戻った。前にも書いたようにロンドンでの生活から多分にホテル業界自体への失望感もあってか、ホテルを就職先とは考えずに他種の就職先を探してはみたが、なかなか望み通りにはいかず。仕方なしに、ホテルでの就職も併せて職探しを始めた。

しかし、ここで突き当たったのが、毎回面会で直面する質問内容だった。

「なぜに、就業するホテルを二度も二年毎に替わったのですか？」

そして、毎度のことながら私の答えは、「給料アップと仕事のポジションアップ」のみ。でも、これは当時の日本にまだ根付いていた〝生涯就職〟に反するのか怪訝な顔をされることが常だった。この仕事に対する世界観の違いに、なぜか、どこかにうんざりとがっかりの気分が蔓延した。

そんな矢先にホテル業界と違う旅行関係の仕事も併せて探す就活に方向転換。結果的に同年齢の人が起業したランドオペレーターと呼ぶ旅行会社向けに海外のホテル、ガイド、バス等の交通手段、レストランなどの手配を提供する会社に就職した。旅行会社用に旅行プランを作ったり、旅行説明会を行ったり、さらには添乗員としてグループ旅行に添乗したり、自分が熟知する諸外国や言語を生かせる分野での仕事に従事でき、併せて海外の業者のやり取りにも今までの経験が生かせて充実した日々を過ごせた。

ある上場旅行会社の有名支店からは、月額五百万円ほどの新聞広告費も計上させて頂き、幾つもの旅行を企画した。中にはヒット商品と呼ばれる企画にも携わらせてもらった。何件かのテレビ、雑誌、新聞の取材を含めた企画ものの旅行計画も行い、日本のメディアの本質も学ぶことが出来た。

その後、旅行業以外の貿易業務自体にも興味を持ち始めたので、個人で起業の道を検討する方向で動き始めた。最終的には個人企業とも言うべきか、欧州、中東向けの旅行のランドオペレーター及びイスラエルをメインに輸出入業務を展開する会社を設立。この会社は結果的には「昔の仕事復帰」を機に順次閉鎖する方向へと展開して行った。

会社設立時、銀行口座を開くために当時の法規制上では株式会社の資本金である五百万円の提示が必要とされた。ある都市銀行で五百万円のお金をテーブルに置き法人設立のための口座開設の話を進める。当然、私が長い間日本に居留しておらず、さらに本邦での就職歴がないことも銀行側での「?.?」なのか、結構個人的な大きなお世話的質問やあたかも帰国者を認めたくないような雰囲気が溢れ出る口調に辟易とした。

だが、同席の長兄の背広の襟元にあるトヨタ社の社章バッジを目にすると、質疑も長兄へと変わり雰囲気も一変する。この経験がどこか寄生虫のように見える〝群がる銀行員〟という人種になぜか好感が持てずに敵対心のみが常に残るようになってしまう。

後日イスラエル人の友人ダニーが、やはり法人を起こし口座開設のときに同席したときの話。彼は当然日本語を日常会話程度位は話しても読み書き等はあまり出来ない。口座開設の趣旨を伝えると事務の女性が用紙を差し出し記入を促す。彼は、日本語での記入が無理なので当然ながら私がボールペンを手に書き始める。すると、

「ご当人様の手によるご記入をお願いします」

と冷たい声が響く。

「いや、彼は日本語を書けないので私が代筆しますので」

「いや、それは出来ません」

の、すったもんだのやり取り。私は、

「例外的適用があって当然なのでは？ これでは盲目の障害者には銀行預金口座を持てないということですか？ それは差別でしょ！」

と語気を荒らげる。

「お客様、障害者のお客様は例外です」

「日本語を書けないのも障害だよ」

と皮肉っぽく。こんなやり取りでも事務員は私の代筆に関しては固持する頑固さ。それが指示された決まりか。

埒が明かずにいると、ようやく薄く鉛筆で用紙に私が記入し、そこをダニーがボールペンでなぞる方法を言い出す始末の想定の貧困さ。では盲目の人は？

当時世界的経済不況に伴い銀行経営が厳しい中、政府の銀行への支援策の一環でたばこ

税の一部が使われるという状況であった。切れた私は銀行のロビーのソファに座ったまま
タバコを出し火をつける。かの女性事務員が真顔で、
「お客様、行内では禁煙と成っております」
と声を掛けてくる。重々承知の上、
「私がタバコを喫煙消費することで銀行は政府からの援助を受けるのですよね。これは銀
行への手助けですよ」
と理不尽な屁理屈の言葉で応答する。
すると、ようやく隠れて様子見の支店長様が奥からお出まし。私は、再度口座開設主旨
の状況を説明、そして銀行側の対応の矛盾した指針に対する不満をぶつける。この支店長
も当初は女性銀行員と同様な回答を羅列。
「では、解決策はないのですね」
私が念を押す。するとそこで初めて、
「今回に限り例外的に」
と私の代筆を認める言葉。こうして、口座は無事開設されたが、後日、再び銀行へダ
ニーと出向くと、扉が開き私たちの姿を奥から見つけたのか、くだんの支店長が猛ダッ

シュでやって来て満面笑みの対応。

都市銀行への監督は日本銀行の業務、そして日本銀行への監督は大蔵省（現在の財務省）の業務と言われているが。本当に皆の責任転嫁のたらい回しで一番弱い立場の人や企業を責めるというやくざも真っ青ないやがらせ的な行為をいとも涼しげな顔でやってのけるこうした立場の人々。ゲスの極みだ。

一緒にいて本当に幸せな時期を過ごせたよ、Tちゃん

当時、美術ゼミの教授主導の女子大生を対象としたクリスマスを挟んだ年末の旅行企画に加わり、そのヨーロッパでの手配を受けることとなり、同時に旅行説明会に毎回出席して訪問国の都市の様子などを話すことが楽しみの一つとなっていた。

そんなときの旅行説明会で、彼女の存在に気付いた。それは離れた所からも聞こえて来

飛行中にコックピットを訪ねられる時代もあった

る彼女のちょっと変わったというか特徴のある〝笑い声〟を聞いたことがきっかけだった。訳もなく妙に笑みが私の顔に浮かび、私の気持ちが妙に引き付けられる安らかな響きであったのだった。

その年の末に、彼女はこの企画旅行に参加した。旅行中にも頻繁に彼女の、その〝笑い声〟を何度となく耳にした。そして私の飽きる心や心変わりもなく、常にその響きに気を取られなぜか和む自分が常にいた。こんな経験は今までになかったことだった。

旅行中にクリスマス・イヴの夜を静かに迎え、夕食時には私がサンタの服装になり旅行参加者の個々が用意した（出発前、事前に金額の上限内で用意してもらう）プレゼントと教授が用意した全員分のプレゼントを私が無作為に配る。ときには、雪の降る本当のホワイト・クリスマスのときもあったが、何よりもそのときにこうして皆がヨーロッパでクリスマスを迎えられ、日本で同じ行事を迎える両親や家族に思いを馳せる。そんなひとときも時には必要と思われる。ちょっぴりしんみりした気分とクリスマスの楽しさ、そうした狭間で心が清々しい聖夜。

旅行から帰り何度かの写真交換会などで年齢差も考えずになぜか彼女との交際に発展すべく一人頑張ってみた。兎に角、彼女といると心が平和だったのだ。月日がたつ中で彼女は卒業そして就職への流れとなり、ついには彼女との同棲生活を迎えるときにまで発展することが出来た。不思議なもので、ここまでの一連の流れが本当に自然体の自分で迎えられたのがとてもうれしかった。

彼女との生活は、私に長いこと海外での放浪生活では得られなかった心身共に安らぎの日々を授かった。一回り以上の年の差、どこかに叶わぬいつかは覚める夢と自分なりに納得はしていた部分があった。しかし、その事実を凝視する勇気はなく、だらしのない自分。次女の姉も、そんな私のことを察してか、

「自分が彼女の実家へ行って親と話してもいいよ」

とまで言ってくれた。

でも、この根性なしの自分は一歩を踏み出すこともなく、お茶を濁すような態度に終始してしまった。正に、日本へ帰って来るまでは聞いたことのなかった歌、松山千春さんの「恋」の旋律がなぜか頭の中に流れる。

〝男はいつも待たせるだけで、女はいつも待ちくたびれて、それでもいいと慰めていた、それでも恋は恋〟

どこか無意識の中に優柔不断あるいは避けて通ろうとする卑しき根性か？　全く、情け

ない自分がそこにいた。そのことを彼女も充分に感じていたに違いないのだ。二、三度ながら彼女の方からの決断でお互い同棲をやめて離れて住む道を選んだこともあった。しかし、いつもしばらく時間を置くと、何となく両方の恋しさからかよりを戻し再び共に暮らす日々となり、終わりがなく結論に踏み込めないスパイラルの中でもがいていた自分。

最後には、当然至極のごとく彼女の決心が固まり、私に愛想をつかして、去って行ってしまった。そのときの彼女の決心は揺るがず、何度か私の気持ちを伝えはしたが聞き入れてはくれなかった。至極当然の結果だ。愛想をつかされたのだ。

今は、どこかで彼女が幸せに暮らしていることだけを祈るのみだ。本当にあの頃が一番幸せだったよ。彼女に対したように本当に愛した女性とはこの後二度と出会うこともなく過ぎ、また、そう求めることもなかった。あの旋律が再び頭の中をよぎる。

〝男はいつも待たせるだけで、女はいつも待ちくたびれて、それでもいいと慰めていた、それでも恋は恋〟

想い出曲：恋　松山千春

想い出曲：さよなら大好きな人　花＊花

小林N氏

会社を設立し、当時利用させて頂いていた印刷会社のY氏の口添えで探照灯を製造販売する㈱S工作所という東京の企業と知り合える機会を得た。初めはイスラエルの企業との接点を構築するお手伝いから始まり、その後も今日に至るまで公私共々親しく交流させて頂いている。

特に印象に残る出来事は、イスラエルの大手防衛産業からある部品を提供してもらうべく先方企業の副社長の決済までに至り製品ではなく部品の一部なので例外的に販売許可の承認を得て喜んでいたが、突然に日本のやはり防衛産業に力を持つ大手商社から電話が私の元にあった。

「弊社の英国支店がかのイスラエル企業と代理店契約を締結しているので、お探しの部品案件も弊社を通し行って頂きたい」

と一方的な連絡。工場長として面識を得た役員の小林N氏に報告すると。かなりな怒りの剣幕。

「いいとこ取りで顔を出すとは。汗をかいた人の労を労わず、己のことだけを言い出すとは無礼な。ならばイスラエルからの部品購入はやめて自力開発か共同開発で他の解決策を見つけるまでです」

と決断し、この話は流れた。そして、後日自社独自の開発努力で製品化された。このことがきっかけとなり小林氏と㈱S工作所への私の信頼感は揺るぎのないものとなった。

そして、このことがきっかけにもなり、何度となくイスラエルをご案内する機会に恵まれる。現地の友人共々歓迎させて頂き、少しでもイスラエルの現実の紹介が出来たのではないかと自負している。また、イタリアへの販促にも結び付けられて微量ながらお手伝いが出来たのは、うれしい限りの喜びがあった。イスラエル国内の一般旅行者や仕事で訪れた人たちが訪れない、あるいは入館、入場規制や入れないと言われる場所にまでご案内する機会にも恵まれたので、きっと忘れられない貴重な多くの思い出作りのお手伝いをすることが出来たと信じている。

今でも本邦に戻り2、3週間の滞在時には、必ずお味噌汁や日本の味をお土産に頂いており、ありがたく思っている。会社の節目の行事にも常に声を掛けて頂き、イスラエルの友人共々お言葉に甘えて参加させて頂いている。

Ａ・ダニー

日本に帰ってから、一貫して在日のイスラエル人との交流を避けていた部分がなきにしもあらずの部分があった。当時は軍役を終えた多くの青年男女が（イスラエルでは女性も軍役義務がある）、東洋、特に日本に興味を持ち、除隊後の国外旅行で取り分け訪日を望む声が多くあった。語学学校に就学しながら路上で商品販売して生活の糧を得る者や外国人バーで働く者や違法就労者まで含めるとその数は比較的多かったと考えられる。

ある日、突然携帯に電話を受ける。相手は、私がイスラエルで勤めていたホテル学校の責任者（Ａ・スプルム氏）の甥っ子でＴ・ロン氏という青年だった。「叔父さんからあなたの電話番号をもらったので電話した」との話だった。その後、彼と会う機会を得て、彼が滞在するイスラエル人向けのゲストハウスの存在を初めて知った。一戸建ての家屋を何部屋かに仕切り宿泊施設として提供していた。東京のゲストハウスは何か所かに点在していて、それなりに収益があったようだ。イスラエル人だけに頼る経営はいつしか頭打ちに陥るのではと考えるのが普通だが。

そうした中で、ゲストハウス経営者の一人であるA・ダニーと出会った。彼は、落下傘部隊を経てギバァティという南部方面の戦闘部隊に従事し、北部でテロリストとの衝突で瀕死の重傷を負うも、そこから生還して後に退官し、インド、ネパールを目指す旅に出るも、特に目的地でもない日本へ偶然にもやって来る（本来はオーストラリアに向かう予定だったらしい）。そして、偶然にもゲストハウス運営の仲間と共に日本に滞在することに。

今では医者である日本人女性と結婚し、ゲストハウス運営から離れた後に自動車解体業をきっかけに幾つかの事業を起こし、現在も日本に滞在し子供を育てている。腐れ縁なのかいまだに彼との友人関係は続いている。

V・コビとエイラット夫妻

A・ダニーとの繋がりでコビとエイラット夫妻に出会ってから、ダニー共々かれこれ30年以上も経つ長い間柄。現在私も住んでいるイスラエルのキリヤット・オノ市に在住の彼らと子供たちとは、家族同様の付き合いをさせてもらっている。独り身と知っているので必ず金曜日の夜の会食（キドゥシュ、安息日を迎える家族の夕食）や祭日には彼らの家かそれぞれの実家に私も同席し祝う関係になった。こうした家族同様の心遣いを当たり前と言えるだろうか？

彼らの家族（親だけでなく兄弟姉妹）も私に対して家族同様に接してくれる。コビがイスラエルで車の中古部品を日本から輸入し販売する会社を起こし、何回となく日本に来るときには、私も車の解体という何かと肉体労働が多々ある仕事を夜遅くまで手伝った。

彼の仕事が軌道に乗るまでの3、4年の間は、朝早くから仕事し、コンテナ積みのときは深夜まで一緒に頑張って手伝った。冬の深夜のコンテナ積みのときには、温かい紅茶を用意して寒く白い息が出る中で休憩をとったりもした。皆が一所懸命に汗をかいたあの頃が無性に懐かしく感じ、その記憶が今も自分の中に息づいている。

以前、自分で企画し日本から何人かの人を連れてイスラエル旅行をしたとき、コビがベンゴリオン空港内の荷物引き取りターンテーブルの所で（通常はここまで一般的に入場は不可能）私たちの到着を出迎えてくれた。そのときコビから彼が所持するクレジットカードの一枚を「何か必要なときに使って」と手渡された。同行の日本人グループに彼を紹介し空港で別れたのだが、皆さん一様に自分のクレジットカードを他人の私に手渡す彼の行動に驚いた様子だった。同時にそうした信頼関係が築かれているという事実にも。こうした信頼関係が「イスラエル的」だという意味を示唆していることが分かるまでには、日本人には多くの時間が必要だろう。

彼らの長男Y君（現在現役の空軍将校なので名は伏せます）が生まれた0歳のときから、彼の成長過程の折々に何らかの関りが私にも生じ家族同様に自分なりの意見を伝えることもたびたびあった。そうした私の意見も真摯に受け止めて、成長してくれた彼も軍役に服するときを迎え、そんなときにも私の意見には常に聞く耳を傾けてくれた。

そして、現在は軍務で一番厳しく、超エリートと言われるイスラエル空軍のパイロットの一人として軍役に従事しており、親戚の間でも周りから一目置かれ羨望の的となる好青年に成長してくれた。彼がパイロット記章を得た後、空軍司令官主催で、パイロットコースを終えた彼ら若き将校に、幼少から高校三年を終え軍役選別を得て軍役に服するまでの間に多大な精神的影響や人間的目標となるなどの影響を与えた人物を招待する懇談会が行われる。その歴史のある名誉ある行事に、彼は自分の祖父母や身内あるいは学校の教育者をさておいて私を推薦してくれた。その栄誉を与えられ空軍司令との懇談会に出席できたことは私にとって大いなる名誉だ。コビとエイラット夫妻の友人で、私も面識あるラマト・ガン市にあるテル・ショメル病院の事務方に勤めるM・B・Bも別のパイロットの推薦で同席し、二人ともその夜は大いなる感激に浸った次第。空軍司令官は、懇談会の中でも毛色の変わった私と会話しながら何を思ったのだろうか？

コビと私の信頼関係は美辞麗句の世界ではなく暗黙の相互信頼・尊敬と言っても過言ではない。彼は常に何かにつけて私に対し心配りをしてくれて、ビジネス界で成功した今日でも、その昔共に汗を流した時代のこと、どこが出発起点だったのかを忘れずに謙虚に頑張る彼の姿には頭が下がる。彼は兄弟の中でも突出したビジネス界での成功にも関係なく、常に親や身内に心を配る人なのだ。

これから先も彼らとの繋がりは途絶えることもなく続くことだろう。そうした中でも、きっと書き留めて置きたくなる話題が一杯になることと信じて止まない。

想い出曲： אייל גולן ימים יגידו

ラビ・ベンヤミン・A

日本に対する何の予備知識すら持たずに、新婚ホヤホヤの彼が嫁さんと共に初めて日本にやって来たのは、啓示を与えられた彼が選んだ場所が日本だったためだ。当時先に話した空飛ぶラビとなった、戦闘機パイロットだったギドンの息子ボアズが、日本でラビ・ベンヤミンが初めて迎える過ぎ越しの祭りの仕切りの応援で日本にやって来たのが、彼らと知り合う機会となった。

その後も住居兼ベイト・クネセット（ユダヤ教教会）の物件探しや、祭祀に必要な生贄用羊の手配などと出来る限りの応援手助けをさせてもらった。雪の降る寒い夜の新潟へ車を飛ばし、車両人身事故で亡くなったユダヤ系アメリカ人の供養、犯罪人として刑務所に収監されたユダヤ人への接見・差し入れ、東北の大地震・津波災害のときは支援物資を急遽用意し仙台に向かう。地震・津波での死者の捜索や供養に真っ先に駆けつける行動力（この彼の精力的な奉仕の精神は地元の自治体からも感謝され労をねぎらっての感謝状などを多数受けている）。

私が個人的にさらに驚くべきことは、そんな彼を支えるだけに終わらず9人以上もの子供（全員、日本生まれ）の育児・教育を自らが行い立派に育て上げる嫁の彼女の存在。〝内助の功〟は何も日本人だけの専売特許ではなく、ここに、こうした尊敬に値する〝ユダヤの母〟もいるのです。

コーシェ食材（ユダヤ教宗教上の食事の戒律）の認定など彼のいろいろな活動努力が、

本当の意味で、日本国内のみならずイスラエル国内でも認められるべきことと信じて止まない。ラビには、これからも引き続き日本での活動を続け、日本とイスラエル間のかけ橋の一端を引き続き続けてもらいたい。そんな願いで一杯だ。

タイ　バンコク　コンドミニアム生活

タイでの合計7年近くにも及ぶ滞在生活にも拘わらず、なぜかタイ語のマスターまでには至らず、タイ滞在生活を終えることとなってしまったのが、後悔の極みと言えるだろうか？

タイ語を習得するため何か行動するにも至らなかった要因の一つには、発音や音調の難しさもあるのだが、それよりも個人的にタイ語の言葉の響きが、今一つすんなり体に入ってこないという部分が大きかったからかも知れない。常にヘブライ語、アラビア語、イタリア語等の比較的発音が明確であり、さらに喉から搾り出るような言葉で強いクセを持つ言葉に慣れすぎてしまったのか？

今になって何でタイ語を習得できなかったのだと後悔しても、「あとの祭り」で仕方ないのだが、当時はなぜか学習欲が全然湧くこともなく、単に過ぎ去る時に流されていた。

タイ滞在は、バンコク市内で比較的利便性のいい所のオンヌット地区に2LDKのコンドミニアムを借りて生活基盤にしていた。結果的には滞在7年間を同じオンヌット地区内での引っ越しで2軒のコンド生活を経験した。バンコク市内以外にパタヤ、プーケット、アユタヤ、チェンマイなどの都市も訪れたが、それらの訪問も基本的には仕事目的であり1、2泊後にはすぐにバンコクに戻る日程がほとんどで、本当の意味でのタイ生活満喫とはほど遠い生活だった。

でもそれなりにバンコク生活でのグルメ、ショッピング等を満喫できたからこそ、7年

バンコクの家具付き2LDKコンドミニアム

間もの比較的長い歳月を多くの問題や嫌気等を起こすこともなく過ごせたのだろう。

ウェブサイト作成コース

「六十の手習い」というべきなのか、興味を持っていたウェブサイト作成のコースを、60歳を過ぎてから受講することにした。学校はＩＴ業界で多くの人材が活躍していると言われるインド人が経営する専門学校で、授業は英語で行われるので、生徒の多くはタイに住むインド人の子息が占めていた。

当然ながら、日本人は私一人で、他のインド人やタイ人以外の外国人の姿は見られなかった。私のクラスは、私とインド人の大学生のたったの二人で始まった。しかも、数ヶ月後には彼女も来なくなり私一人の個人授業の様相を呈する。このインド人の受講者は、毎日の課題が大学での勉強との負担が高くなりすぎて辞めたようだ。まあ、私のように時間がある者には課題は苦痛でなく十分な時間を費やすことが出来たので、たったの一人の生徒であっても苦痛はなかった。

そのためか他のコース受講のインド人の子供たちには、

「あの日本人を見習いなさい。年齢も皆さんのお父さんやお母さんより年上で、お祖父ちゃんと言っても納得いく年齢だけどちゃんと出された課題はきちんと提出し、毎回必ず時間に遅れることもなく勉強に来ている」

そんな、話のタネに使われていることを、私の教師であるサンサ女史から聞かされ苦笑した。どこかに、叶わぬ夢ながら白ハッカーを夢見ていた時期もあった40～50歳代を思い出しながら、本当に好きなこと、興味あることに触れ学ぶ楽しさを久方ぶりに満喫している自分がいた。

タクシードライバーのはてな？

あるとき、タクシーでバンコク市内を移動しコンドに戻って来たときに、運転手がおつりの一部としてしっかりとぐるぐる巻きにされた1バーツ札の塊を10バーツと言いながら手渡してきた。同じ所で長く生活すると〝言わずもがな〟とも言える知恵が芽生えるのか部屋に戻ってから、その1バーツ札の塊にこびり着くセロテープを取り去って興味津々にバーツの束を数えてみる。するとそこには9バーツのみで10バーツはなかった。この塊を準備した人の数え間違い？　それとも意図的？　意図的にしてもたったの1バーツのためにセロテープを巻く状況って一体なに？

タイ語を話さない私は、ときどき住所などがタイ語で書かれた名刺や用紙を手にタクシーに乗り込み、ドライバーに見せて行き先を伝える方法を取っていた。その夜もタイ語で書かれた名刺を手にタクシーに乗り込み名刺を見せる。すると、ドライバーは名刺を一瞥し、満面の笑顔で「OK。OK」と連呼。安心してタクシー車内に乗り込む。アポの時間は押している。タクシーはしばらく走ると唐突に大通りの交差点前で路肩に車を止めると傍らを通る車に目をやる。どうしたのか？　と英語で聞いても満面の笑顔を返すのみ。

そして、やおら車外に出て車道の反対車線方向に足を速めると、とある一台のタクシーを止め私が渡した名刺を見せている様子。その止めたタクシーが再び走り去ると、再度別のタクシーを止め名刺を見せている。そこで私の中で腑に落ちた。彼は名刺に書かれたタイ語が読めず他のタクシードライバーに聞いていたのだ！！

少し腹が立って来た。初めからタイ語が読めないということを身振り手振りで説明もせずに、「OK。OK」の笑顔を返した彼。客を失いたくない一心なのかも知れないが、こちらはアポの時間押しで焦っているので大迷惑。やっと目的の住所（ビル）に辿り着いたときにはアポの時間を20分遅れていた。悪びれた様子の見られない笑顔のドライバーに文句や嫌味の一言も言えずに無言で降車する。

走り去るタクシーと笑顔の「ＯＫ。ＯＫ」が頭でこだましそして、はてな？　の夜だった。

タイの医療設備と歯科医通院の経験

タイは比較的最新の医療機器を外国などから取り入れており、日本の企業進出に伴い日本人の医療スタッフや日本の大学医学部で学んだ医師などを揃えた病院や歯科医療設備などが整っており日本人が比較的安心して受けられる医療環境が充実している。

私も毎年健康診断やときたま皮膚科の治療などをSamitivej病院で受けていた。特に私にとって驚く出来事は、総合病院で起こったことでなく、幼少時代から歯科医嫌いの私が受けたバンコクでの歯科治療に初めて恐怖心を抱くこともなく、さらに痛みも少なく治療に専念できる奇跡に近い治療経験をしたことだ。

ネットで歯科医院を探している中で、私は特に言葉の不都合もないので日本人歯科医だけを探すのではなく。歯科医院の患者の評判で歯科医院を検索し選ぶこととした。そんなネット検索の中で、オーストラリアやニュージーランドの退役兵士が政府の治療費負担で賄われる治療の経済性と個人負担の観光を兼ねたメディカルツアーなるものの記事を見つけた。

そのある歯科医院に対する評価評判があまりにも高く、また治療経費も外国人に対するボッタくりでないとの患者たちの言葉にある部分〝まゆつばもの〟と思いながらも興味を惹かれ診察予約を取って向かった。

個人歯科医院としては大変大きく、設備も大変新しい機器が整っており、その上歯科医の説明も画像を見ながら丁寧に行われ、治療経費についてもしっかりと説明されるので信頼感を見て取った。そこで、取りあえず切羽詰まった治療を優先にしてもらう決断をした。それが前述したように、私にとっては奇跡に近い治療経験だったのだ。

私は、どちらかというと麻酔で生じる口内の嫌な感覚よりも自分の口内で何が行われているかを感覚的に自覚したい根性悪タイプの患者。そのための痛みも結構我慢できる頑固者と自負。数本の抜歯治療をした後、必ず痛み止めの薬をもらうのだが、一度も使ったことがない。そう、我慢できる痛さで毎回の治療を終えた経験は、過去の経験と比較にならないほどの違いがあったのだ。最終的にはインプラント治療を受けたのだが、そのときも同様に痛みは許容範囲以下で治療後の痛み止め薬も服用することもなく我慢できた。さすがに多少の腫れが生じたが、看護婦さんが治療後すぐに手渡してくれた氷袋をあてがうだけで十分だった。治療段階で歯科技工士も頻繁に治療の場に同席し、私の口内の状況を良く把握している様子。歯へのかぶせ物も、ほとんど修正なしでピッタリ感覚。

今後も、このバンコク市内の歯科医院BFC Dental Clinicには、航空券代金を出しても治療の際には飛んでいくつもりだ。

イスラエルへの帰路

タイでの7年間を経た後に最終的にはイスラエルへ戻ることとした。多感なる時代をイスラエルで過ごした私には、日本には同体験を過ごした友人もなく社会人としての同僚と呼べる仲間もいないからだ。イスラエルはユダヤ人の故郷の国、即ち全てのユダヤ人は無条件でイスラエルへ戻り市民権、国籍を得られる権利を法的に有するのが実態なのだ。そうした法的状況下でユダヤ人でもなく、且つイスラエル国籍の伴侶を持たぬ私のような状況下の者には、イスラエルでの定住は基本的に不可能なこと。多くの友人知人の尽力のお陰で、こうして法的に認められて生活を送っている。

イスラエルは私の過ごしてきた日々のことを忘れずに優遇してくれ、且つ尊敬の念すら見せてくれる。イスラエル国内で勉学の機会毎に奨学金を得ることとなり、知識だけで終わらず、手に職を得る機会まで多分に与えられた。そのための奨学金も人種、国籍に関係なく私にその機会を与えてくれ、それらは何一つ後々に返却する義務もない奨学金支援だった。恩に報いる、それが私の使命の全てだった。

あとがき

人生は一期一会の出会いの連鎖だと思う。確かに、私は単なる出会いの連鎖に翻弄されるのではなく、大変恵まれていた現実を自負することに疑う余地もない。後悔はなく、ただもっと多く人のために何か出来なかったのかと問う後悔のみだ。

ここに、私が生きて来た中での多くの嬉しく、不可思議な実体験を記すことで、一人でも多くの人が「人っていいものだ」「人生って捨てたもんじゃない」そんな楽観的な気持ちを心の片隅で芽生えさせてくれたら、私がこうして書き記した目的は達成できたと言えるのだろう。

袖触れ合う多生の縁と信じ、明日も楽しいことを探し求めながら生きよう。

著者プロフィール

Yaki（やき）

1949年、横浜に生まれる。
テクニオン工科大学ホテル経営学卒業。
40年以上に亘る海外生活の後、現在はイスラエルに居住。

袖触れ合うも他生の縁

2023年2月15日　初版第1刷発行

著　者　Yaki
発行者　瓜谷 綱延
発行所　株式会社文芸社
〒160-0022　東京都新宿区新宿1－10－1
電話　03-5369-3060（代表）
03-5369-2299（販売）

印刷所　神谷印刷株式会社

ISBN978-4-286-28008-0　JASRAC 出 2209180－201